인생을

을

바꿔라

강준현 장편소설

FUSION FANTASTIC STORY

인생을 바꿔라 8

강준현 장편소설

초판 1쇄 찍은 날 § 2016년 10월 19일
초판 1쇄 펴낸 날 § 2016년 10월 26일

지은이 § 강준현
펴낸이 § 서경석

편집책임 § 이창진

펴낸곳 § 도서출판 청어람
등록번호 § 제387-1999-000006호
등록일자 § 1999. 5. 31
어람번호 § 제2-2546호

주소 § 경기도 부천시 원미구 부일로 483번길 40 서경B/D 3F (우) 14640
전화 § 032-656-4452 팩스 § 032-656-4453
http://www.chungeoram.com
E-mail § chungeorambook@daum.net

ISBN 979-11-04-91010-4 04810
ISBN 979-11-04-90783-8 (세트)

인생을 바꿔라

8

[완결]

강준현 장편소설

FUSION FANTASTIC STORY

도서출판
청어람

목차

제1장

변화하는 세상

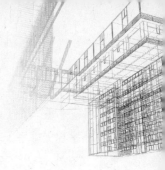

나와 류성은 사이에 어색한 침묵이 흘렀다.

짧은 순간이었는데 마치 몇 분은 지난 듯 길게 느껴졌다.

어색한 침묵을 깬 건 류성은이었다.

"뭘 그렇게 놀라? 아까 네가 나에게 했던 말을 그대로 따라 해본 거야."

"여, 역시 그렇지? 난 또… 깜짝 놀랐네."

"…한데 방금 그 말을 들으니 느낌이 어땠어?"

"그, 글쎄? 솔직히 말하면 좀 당황스러웠어. 그리고 순간적으로 머리가 하얗게 되더라."

머리가 하얗게 되었다는 건 거짓말이었다.

그녀의 말을 듣는 순간 그녀의 진심이 느껴졌고 동시에 테이블에서 느꼈던 묘한 느낌의 정체와 류성철을 볼 때의 누군가를 닮았다는 느낌의 정체도 확실히 알 수 있었다.

"잠깐 화장실 좀……."

표정을 숨길 수가 없었다. 그래서 서둘러 화장실로 뛰어갔다.

'류성철이… 류성철이……!'

세면대 위 거울 속엔 류성철의 눈과 얼굴 형태를 닮은 내가 당황한 표정으로 있었다.

나는 분명 아닐 거라는 선입견의 결과겠지만 어린 시절은 물론 청년, 중년, 노년의 류성철을 보고도 지금까지 나를 닮았다는 걸 몰랐다니 어이가 없었다.

'맙소사! 지금까지 내 아들을 죽이려고 그렇게 애를 썼단 말이잖아.'

아직 정자로도 존재하지 않는 아이였지만 죄책감이 생기는 건 어쩔 수 없었다.

'…그럼 그때 피의 끌림이었나?'

사실 네 번의 공격 중 죽일 기회까지는 아니더라도 사지 중하나는 취할 기회가 있었다. 한데 아주 짧은 순간의 멈칫거렸고 기회는 날아가 버렸다.

그저 어린 시절의 그가 생각이 나 그랬나 싶었는데 피의 끌림 같은 것이었나 보다.

머리를 감싸 쥐고 변기에 앉았다.

'젠장! 가전 무술을 타인에게 전수하지 않을 거라 했던 류성은의 말은 사실이었다. 다만 류성철이 타인이 아니었던 거지. 근데 어떻게 남성혐오증을 가진 그녀가 나와 잠을 잘 수 있었지?'

류성철과 관련된 기억들과 갖가지 상념과 감정들이 비빔밥처럼 섞였다.

그러나 돌연 혼란을 뚫고 떠오르는 한 가지 생각이 모든 혼란을 잠재웠다.

내가 류성은과 자지 않는다면!!!

"…하하! 그가 말했던 미래가 바뀌었다는 게 설마 이걸 말하는 건가?"

단지 류성은과 성관계만 맺지 않는다면 내가 그토록 없애려던 류성철의 존재를 사라지게 만들 수 있었다.

"하하하하하! 지금까지 노력한 것에 비하면 어이가 없을 정도로 쉬운 일이잖아, 안 그래?"

나에게 물었고 난 고개를 끄덕였다.

언제 혼란스러웠나 싶게 기분이 좋아졌다.

물론 류성은이 존재하기에 미래가 어떻게 될지는 여전히 미지수였다. 그러나 나와 같은 유전자를 지녔지만 정말 악몽과 같았던 류성철이 없어진다는 것만으로도 힘이 났다.

"화장실에 들어갈 때와 나올 때가 다르다는 말이 지금 이 순간만큼 잘 어울리기도 힘들 거야."

마당으로 나가자 내 표정을 본 류성은이 말했다.

"하하하! 그럴 일이 있었거든."

"으~ 숙변이라도 해결했어?"

"비슷해. 자! 다시 라면을 먹어볼까?"

"다 퍼져서 우동만큼 굵어졌어. 다시 끓여줄게."

"괜찮아. 네가 끓여준 건데 버릴 수야 있나. 후루룩! 우와! 정말 맛있다, 성은아."

"……."

당장 류성은과 거리를 벌릴 생각은 없었다. 아니, 오히려 지금보다 더 친밀해질 생각이었다. 그래서 나를 향한 그녀의 마음이 오히려 더 깊어지게 만들어 그녀의 운명을 뒤틀어볼 생각이었다.

내가 조심해야 할 것은 단 한 가지.

그녀와 절대 자서는 안 된다는 것만 기억하면 됐다.

*　　　　*　　　　*

메시지를 받은 후, 전반적으로 다소 의기소침해 있는 상태였다.

시간 여행을 할 수 있는 에너지가 사라졌는데 과연 내가 대한민국의 미래를 바꿀 수 있을까 하는 의문이 들었고, 과거의 나마저 '네 인생이나 살아라' 하며 체념하는 투로 말을 하니 힘이 나려야 날 수가 없었다.

한데 에너지가 없어도 바꿀 수 있겠다는 희망이 보이자 다시 기분이 좋아졌다.

"오늘 유난히 즐거워 보인다. 기분 좋은 일 있어?"

"하하! 선배님이랑 드라마를 같이 한다고 해서 그런가 봐요."

하룻밤을 보낸 후부터 갑자기 누나라고 부르지 말라는 전수현의 물음에 립서비스를 했다.

오늘은 드라마 촬영의 시작을 알리는 대본 리딩이 있는 날이었다.

그저 같이 촬영하게 된 감독, 작가, 배우가 얼굴을 익히고 방송 홍보용 사진과 영상을 찍자는 의미에서 하는 행사이기에 1회분의 대본을 읽는 것으로 마무리하고 화기애애하게 얘기를 나누고 있었다.

"나도 너랑 같이 하게 돼서 기뻐. 오늘 저녁엔 뭐 해? 내일부터 촬영 들어가면 정신없이 바쁠 텐데 가볍게 한잔할까?"

전수현은 다른 사람들의 말을 듣는 척하면서 복화술 수준으로 내 귀에만 들리게 말했다.

"오후에 잠깐 들러야 할 곳이 있어요."

"언제 끝나는데?"

"글쎄요. 오래 걸리진 않을 거예요. 아는 사람 병문안 같은 거거든요."

"병문안이면 병문안이지 같은 거는 뭐니. 빨리 끝내면 연락해. 아니, 늦게 끝나도 연락해. 알았지?"

예쁘다는 말보다 우아하다는 말이 어울리는 전수현도 밤엔 요부였다. 특히 게이 남편으로 인해 몇 년간 붙지 않았던 불이 붙어서인지 연락하라는 말을 할 때 눈에서 뜨거운 열기가 느껴질 정도였다.

"네, 선배님. 하하하!"

며칠 전까지만 하더라도 위안을 얻기 위한 일탈이었다면 이번엔 즐거움을 얻기 위한 일탈이 될 것이다.

대본 리딩에 이어 회식이 있었지만 병문안 간다는 말로 홀로 나왔다.

"형, 용현정신병원으로 가자."

매니저 석도민에게 목적지를 말한 후 창밖으로 시선을 돌렸다.

'벌써 일 년이 다 되어가나?'

민종수에게 복수를 하던 날 이후로 왕래가 없었던 신유리에게서 민종수가 입원 중인 용현정신병원에서 보자는 연락이 왔다.

다른 곳에서 보자고 권했지만 병원이 안 된다는 말에 결국 내가 손을 들었다.

용현정신병원은 경기도 외곽에 위치한 곳으로 넓은 공원이 있어 드문드문 환자들과 환자 가족들이 공원을 산책하거나 풀밭에 앉아 뭔가를 하고 있었다.

'저기 있군.'

어디에 있는지 전화를 하려 하는데 흐드러지게 핀 벚꽃 나무 밑 나무 벤치에 앉아 있는 그녀가 눈에 띄었다.

선글라스를 쓰고 있다는 걸 빼곤 그저 평범한 대학생처럼 옷을 입고 있었지만 지나가면서 보다 몇 번이고 돌아볼 만큼 연예인 포스를 풍기고 있었다.

작년 7월 이후로 신유리는 연기에 온전히 몰두를 했다. 그리고 그 덕인지 작년 가을 미니 시리즈 첫 주연을 맡게 되었고 이젠 주연 여배우라고 불릴 만큼 인기를 누리고 있었다.

"오랜만이다."

그녀의 옆에 앉으며 말했다.

"응, 오랜만. 전수현 선배님이랑 드라마 찍는다는 뉴스는 봤어."

"놀고먹을 순 없으니까. 작년에 몇 번 연락했었는데 전화번호가 바뀐 거야?"

"아니, 일부러 안 받았어. 널 만나면 도무지 무슨 말을 해야 할지 모르겠더라고."

나도, 신유리도 인사를 할 때 잠시 시선을 맞춘 후 시선을 먼 곳에 두고 얘기했다.

"이젠 무슨 말을 할지 정리가 된 거야?"

"아직까지도 믿기지 않는데 정리는 무슨……. 다만 현재의 우리의 문제는 이쯤에서 정리를 하는 것이 낫지 않을까 싶어서. 겸사겸사 부탁할 것도 있고."

"그래……. 시간에 얽매이는 거 이제 그만해야지."

어느 순간부터 내 시선은 한 명의 환자에게로 향해 있었다.

간호사의 도움을 받고 있는 환자는 현재 자신이 어른이라는 자각이 없는지 엉엉 울면서도 휠체어에서 일어나려고 애쓰고 있었다.

그 환자는 다름 아닌 민종수였다.

신유리는 내 시선이 어디로 향하는지 알았는지 설명을 덧붙였다.

"교통사고로 다친 척추 신경이 살아나고 있대."

"알고 있어."

척추를 다쳐 하반신 마비가 되고 머리를 다쳐 어린아이처럼 되었다고 해서 민종수에 대한 관심을 완전히 끊은 것은 아니었다.

사람을 붙여 그의 동태를 주기적으로 보고받고 있었다. 현재 그의 병원비를 부담하고 있는 것이 신유리라는 것도 알고 있었다.

"휴우~ 역시나……."

신유리는 긴 한숨을 내쉬며 중얼거렸다.

"오해하지 마. 그에게 해코지를 하려는 것이 아니라 혹시 그가 깨어나 널 해코지할까 봐 감시자를 붙여둔 것일 뿐이야."

"……."

"그렇게 안 봐도 돼. 내 전생의 복수는 그날부로 끝났으니까. 설령 그가 다시 걷고 정신을 차린다고 해도 날 건들지만 않는다면 놔둘 거야."

진심이었다. 뇌를 크게 다쳐 정신을 차릴지는 의문이었지만.

"네가 그렇게 생각한다니 다행이다. 고마워. 사실 오늘 너에게 종수를 내버려 두라고 부탁하려 했거든."

"병신을 돌보는 게 취미가 아니라면 너도 그만 저 녀석에게 신경 꺼."

"그렇게 말하지 마. 돌보려고 만난 게 아니라 정말 널 좋아해서, 사랑해서 만난 거였어. 종수는… 그동안 나에게 해준 것이 있어서 돌려주는 것뿐이고. 다만 나도 사람인지라 물질적인 것에, 쾌락에 잠시 눈이 멀어 사랑을 잊었던 거야. 미안해."

그녀의 진심 어린 사과가 남아 있던 감정의 찌꺼기마저 깨끗이 씻어주는 듯했다.

물론 그때도 진심 어린 사과였을 텐데 내가 못 느낀 것일 수도 있다.

"네가 나에게 해줬던 사랑, 정말 고마웠어. 그리고 쿨하지 못해 미안해."

나 역시 진심으로 사과를 했다.

우린 서로를 바라보며 미소 짓는 것으로 과거와 현재의 앙금을 잊기로 했다.

"한 가지 부탁이 있어."

"말해. 들어줄 수 있는 것이라면 들어줄게."

"종수가 경영하던 기획사가 결국 문을 닫았어. 개중 몇 명이 날 찾아와서 도움을 달라고 하는데 이제 햇병아리에 불과한 내가 무슨 힘이 있겠어. 그래서 혹시 가능하다면 도와달라고 부탁하는 거야."

"오지랖은 여전하네."

"오지랖이라기보단 그들의 사정을 잘 알아서 그래. 종수가 데뷔시켜 준다고… 휴우~ 지금에 와서 그런 얘기하면 뭐해. 아무튼 난 그들이 한 번쯤 기회를 더 가졌으면 좋겠어. 그리고 가급적이면 업계에서 소문이 좋은 너희 회사였으면 해."

"올해로 회사 일엔 손 뗐어. 하지만 얘기해 볼 수는 있어. 몇 명이나 되는데?"

민종수가 나에게 접근하기 위해 계약을 했었던 최상철의 경우 그를 원하는 회사가 꽤 있어 골라서 옮길 수 있었다.

그에 반해 단역으로 몇 번 출연한 게 다인 연예인들을 받아줄 곳은 없었다.

"셋."

"그중에 제발 남자가 있었으면 한다."

여자만 데려가면 이민기 사장이 무슨 말을 할지 뻔했다.

"…다 여자야."

결과는 알고 있었다. 남자는 투자해서 손해 봤을 때 팔아먹기도 애매한 쓸데없는 존재라고 입버릇처럼 말하던 종수 아니던가.

"그리고 두 명은 네가 본 적이 있어."

"최나은과 송지은?"

미국에 갔을 때 우동희와 윤호진의 파트너 역으로 왔었던 여자들이었다.

"맞아. 하지만 걔네들 잘못 없어. 다 민종수의 지시로 어쩔 수 없이 움직였던 거야."

솔직히 별로 마음에 들지 않았다. 설령 신유리의 말처럼 어쩔 수 없었다고 한들 하더라도 날 속이기 위한 연극에 참여했다는 건 변함이 없었다.

내 마음을 알았는지 신유리는 그들을 변호했다.

"걔들은 일단 보류. 나머지 한 명은?"

"고등학생. 앤 정말 괜찮아. 우리 회사에서도 일단 키워보겠다고 했을 정도야."

"근데 왜?"

"언니들이랑 같이 못 가면 안 간대."

"이유가 뭔데?"

"직접 물어봐. 데리고 왔으니까."

신유리는 셋 다 데리고 온 모양이었다. 전화를 하자 잠시 후에 여자애 한 명이 다가왔다.

팔다리가 길고 얼굴이 작은 것이 카메라엔 잘 나오게 생겼다.

"…안녕하세요."

"그래, 안녕. 한 가지 물어볼 것이 있어서 불렀어. 다른 기획사로 옮길 수 있는 기회가 있었다지? 한데 언니들 때문에 안 갔다는데 이유를 들어볼 수 있을까?"

여자애는 잠깐 망설이다가 입을 열었다.

"사장님이… 저에게 손님 시중을 들라고 했었어요. 그때 언니들이 저 대신 나갔었어요. 처음엔 몰랐는데……."

"됐다. 나쁜 기억을 떠올리게 해서 미안하구나. 그런데 지금도 같은 생각이냐? 너 혼자 간다면 더 많은 기회를 얻을 수 있을 거다."

"시, 싫어요. 언니들과 함께하지 못할 바엔 차라리 안 할래요."

누군가에게 인간적으로 인정을 받는다는 건 쉬운 일이 아니었다.

여고생의 이런 모습은 최나은과 송지은에 대한 선입견을 없애기엔 충분했다.

난 신유리를 돌아보며 말했다.

"성공할 수 있을지 없을지는 모르지만 셋 다 내가 맡을게."

*　　　　*　　　　*

드라마 촬영에 들어가면서 바쁜 날들을 보내고 있었다. 물론 본격적으로 방송이 시작되어 잠자는 시간도 부족할 만큼 바빠지는 것에 비한다면 여유롭다고 할 수 있었지만 촬영 말고도 할 일이 계속 생겼다.

"하읅~ 아아~ 하앙~"

벽을 붙잡고 허리를 굽힌 전수현은 낮은 신음 소리를 냈다. 비록 낮은 신음이었지만 장소가 장소이기 때문인지 밖에 사람들이 있다고 생각해서인지 크게 들렸다.

아! 방금 전 말한 할 일이라는 것이 지금 현재 하고 있는 일은 아니었다.

"밖에 들리겠어요."

"…괘, 괜찮아. 아까 내가 테스트해 봤어. 그리고 배우가 쉴 땐 천재지변이 일어나지 않는 이상 들어오지 않아. 하악! 아~"

산골 마을에 지어놓은 별장—말이 별장이지 그냥 오래된 집을 리모델링한—에서 촬영하다가 잠깐 휴식을 취한다고 들어와선 이 짓을 하고 있는 중이었다.

싫다고 했음에도 끈질기게 자극하는 바람에 일(?)을 시작했지만 흥분은커녕 마음만 쪼그라들 뿐이었다.

'이렇게 하는 게 자극이 되나?'

전희라고 할 수도 없을 만큼 짧은 애무를 끝으로 바로 삽입을 했는데도 전수현은 어느 때보다 빠르게 최고조로 올라가고 있었다.

물론 사람마다 취향이 다르겠지만 이건 전혀 내 취향이 아니었다.

점점 높아져 가는 신음 소리를 잠재우기 위해 결국 한 손으로 그녀의 입을 막았는데 오히려 그게 더 그녀를 흥분시킨 건지 허리 놀림이 더욱 격해졌다.

뭐, 덕분에 일이 빨리 끝나긴 했다.

뒤처리는 간단했다.

그녀는 속옷과 스타킹을 올리고 치마를 내리는 것으로, 나는 바지를 올리는 것만으로 해결됐으니 말이다.

"다음엔 야외에 나가서 해볼까?"

각자의 방—중간에 턱이 있고 칸막이 문이 다였다—에 누워 휴식을 취하는 척하는데 전수현이 말했다.

내가 아무 말도 하지 않자 싫어한다는 낌새를 느꼈는지 전수현은 금세 말을 바꿨다.

"피~ 농담이야. 너도 좀 더 나이 들어보면 알겠지만 때론 공간이 주는 자극을 무시 못 해."

"네네, 더 나이가 들면 그때 생각해 보겠습니다."

"무, 물론 내가 나이가 많다는 건 아냐!"

발끈하며 외치는 말에 피식 웃음이 나왔다.

"저뿐만 아니라 다른 사람들도 선배가 저보다 더 어려 보인다고 할걸요. 그러니 걱정 말고 잠깐이라도 눈 붙이세요. 30분밖에 안 남았어요."

"응, 너도 쉬어."

10분도 되지 않아 전수현은 낮게 코를 골며 잠이 들었다. 난 덜 피곤하기도 했지만 할 때 너무 긴장을 많이 해서인지 흥분이 가라앉질 않았다.

그래서 조용히 밖으로 나왔다.

두 주연배우가 휴식을 취한다고 배려를 해서인지 주변에는 사람들이 접근을 하지 않고 있었다.

"잘 안 들리긴 했겠네."

사람들의 동태를 살핀 후에야 비로소 긴장이 풀어지는 듯했다.

20분쯤 앉아 있자 매니저들이 와서 휴식 시간이 끝났음을 알렸다.

나와 전수현이 쉬는 동안 수십 명의 스태프들은 한편으로는 우리가 나오지 않는 장면을 찍고 다른 한편으로는 다음 촬영을 위한 준비를 해뒀다.

이번 촬영은 여주인공이 친한 사람들과 산에 놀러 왔다가 뜻하지 않은 일로 혼자 떨어져 비 오는 산속을 헤매는 장면으로 남주인공을 수상한 사람으로 생각하고 도망가다가 실족하는 장면까지 쭉 이어졌다.

나의 경우는 얼굴이 나오는 장면이 아니라서 그저 멀리서 실루엣만 찍어도 되었기에 날로 먹는 장면이라 할 수 있었다.

"선배님, 스태프들이 위험한 것은 웬만큼 치워놔서 문제가 없겠지만 물을 뿌리면 낙엽이 미끄러울 테니 조심하세요."

"그래."

촬영이 시작되었고 전 스태프차가 전수현 한 사람을 위해 움직였다.

전수현과 나는 같은 주연이지만 드라마의 진짜 주인공은 전수현으로 전체적으로 그녀에게 초점이 맞춰져 있었다. 그래서 실제 촬영 분량은 그녀가 나보다 2배는 많았다.

물론 출연료는 6배 정도 많았지만 말이다.

촬영은 살수차의 물이 다 떨어질 때까지 계속되었다. 그러는 동안 해가 떨어지면서 산은 급속히 어두워지기 시작했다.

"컷! 좋습니다. 쉬면서 아예 저녁까지 먹은 후 오늘 마지막인 실족 장면을 찍도록 하겠습니다."

스태프들이 다음 촬영 장소로 움직일 동안 난 옷을 갈아입고 PD와 선배 배우들에게 인사를 했다.

내 촬영이 끝난 이상 몇 시간 걸릴지 모르는 실족 장면을 구경하고 있을 이유가 없었다.

"흥! 선배는 또 몇 시간 고생하는데 혼자 가냐?"

전수현은 장난스럽게 먼저 가는 나를 혼냈다.

"가급적 선배님이 고생하는 걸 보면서 즐거워하고 싶은데 오늘 가족들과 저녁 약속이 있어서요."

"말이라도 못하면. 고생했어. 먼저 가."

"하하! 내일 저녁에 뵙겠습니다."

내일은 촬영 B팀에 잠깐 합류해서 조연들과 몇 장면을 찍고 A팀에 합류할 예정이었다.

생각보다 약간 늦게 끝이 났지만 석도민이 서둘러 준 덕분에 아슬아슬하게 약속 시간 전에 도착할 수 있었다.

스카이라운지로 올라가는 엘리베이터를 탔다. 그리고 거울을 보며 혹시나 이상한 것이 없는지 살폈다.

"셔츠 단추를 하나쯤 더 풀어도 되지 않을까요? 그것 말고는 아주 훌륭해요."

뒤쪽에 있는 정장 차림의 여성이 한 말이었다.

어디서 본 적이 있는 여자일까 싶어 거울을 통해 봤지만 처음 보는 얼굴이었다.

'TV에서 본 얼굴이라 친숙하게 느껴져 말을 붙이는 건가? 아님 팬?'

흔하진 않았지만 간혹 처음 보는 사람들이 친숙하게 말을 걸어오는 경우도 있었다. 겉모습이 워낙 멀쩡했기에 이상한 여자라는 생각보단 호기심에 말을 건 여자라고 결론지었다.

"고맙습니다."

딱히 그녀의 말을 따를 것은 아니었지만 일단은 습관적으로 답을 했다.

"이상한 여자로 보지 마세요. 곧 알게 될 사이인데 모른 척하기도 어색해서 말을 건 것뿐이니까요."

"곧 알게 될 사이요?"

무속인? 관심종자? 그것도 아님 나와 같은 존재?

생각은 길지 않았다. 엘리베이터가 스카이라운지에 도착했다. 엘리베이터가 도착할 때까지의 지루함을 달래주는 정도의 호기심이었기에 가볍게 고개를 까닥이곤 내렸다.

여자도 같이 내렸지만 무시했다.

한데 예약실을 알아보려는데 또다시 그녀가 나섰다.

"가족분들은 화목실에 계세요."

"아! 이곳 직원이신가 보군요?"

"아닌데요."

화목실이 어디에 있는지 물어보려다가 왠지 그녀를 따라가면 나올 것 같아 따라갔다.

역시 화목실이 나왔다.

"큰아버님 댁 손님이셨군요?"

"네, 그래요."

"그럼 그렇다고 말을 하시지."

"재미있잖아요. 인상도 강하게 남길 수 있고요."

좋게 보면 티 없이 맑았고 나쁘게 보면 당돌했다. 나에겐

전자에 더 가까워서 딱히 기분이 나쁘거나 하진 않았다.

오히려 장난기가 생겼다.

"그럼 내가 좀 더 재미있게 해줄까요?"

"어떻게요?"

"난 무조건 반대할 겁니다. 순진한 민철이가 잡혀 사는 꼴을 보고 싶진 않네요."

큰아버지 가족 모임에 참석할 여자라면 대충 짐작이 됐다. 그리고 예상이 맞았는지 내 말을 들은 그녀는 꽤 놀란 표정을 지었다.

"먼저 실례하겠습니다. 아가씨랑 얘기하느라 약속 시간 1분 전이군요."

그녀가 조금 전 재미있다고 말할 때처럼 빙긋 웃어주고 안으로 들어갔다.

"안녕하세요. 저 왔습니다."

"어서 오렴."

큰아버지, 큰어머니는 웃으시면서 김민철, 김민주는 손을 흔들며 인사했다.

"어? 은수도 도착했구나!"

반겨주시던 큰어머니는 내 뒤를 따라 들어온 여자를 보며 외쳤다.

"오빠, 이쪽에 앉아."

민주가 자신의 옆자리를 톡톡 치며 말했다.

"우리 민주, 갈수록 예뻐지네. 근데 화장은 너무 진한 거 아냐?"

"또 엄마 같은 소리. 이것도 나한테는 수업의 연장이거든."

"공부를 그렇게 좀 하지? 너 공부 안 한다는 소문이 서울 시내에 자자하더라."

"칫! 나름 하고 있거든요. 근데 오빠, 저 언니 누군지 알아?"

민주는 불리하다 싶었는지 화제를 돌렸다.

"이름은 정도는."

정은수.

특별한 일이 없다면 민철의 처가 될 사람이었다.

"자세한 건 모른다는 소리네? 저 언니가 누구냐 하면 오빠도 잘 아는 경일대학교 재단의……."

민주는 장황하게 정은수에 대한 설명을 해줬다.

간단하게 정리하자면 큰어머니 지인분의 딸로 작년 사법고시에 합격하고 올해 사법연수원에 들어간 김민철과 최근 선을 본 사이라 했다.

난 민철을 보며 다소 큰 소리로 말을 했다.

"민철아, 아까워서 어떻게 하냐?"

"뭐가 아까워요?"

"내가 정말 예쁘고 참한 아나운서를 소개시켜 주려고 했었거든. 아! 그냥 선만 본 사이니 상관없으려나? 네 사진 보여줬더니 형 주변에서 난리다."

"…그래? 누구?"

민철도 아직까지 혈기왕성한 청년이었다. 귓속말로 낮게 물었지만 정은수가 모를 리가 없었다.

"……."

그녀는 몹시 분한 얼굴로 날 쳐다보고 있었다.

"또또또! 철아. 무슨 일로 은수를 놀리는 건지 모르겠지만 제발 참아주렴. 난 네가 뭘 할 때마다 가슴이 조마조마해진단다."

큰어머니가 내가 장난을 친다는 걸 아셨는지 한마디 하셨다. 한데 심장에 손을 올리며 말하는 모습에 장난을 멈춰야 했다.

비록 좋은 의도에서 한 행동이었지만 그동안 큰어머니의 속을 태웠다는 건 인정하는 바였다.

그래서 간만에 효도를 하기로 마음먹었다.

"하하! 재미 삼아 한 말이에요. 참! 제가 듣기로 은수 씨는 꽤 외향적이고 밝은 성격이라더군요. 내성적이고 속 깊은 민철이와 아주 잘 어울릴 것 같습니다."

"어머! 네 생각도 그러니? 나도 은수의 그런 밝은 점이 마음에 들더구나."

"그리고 상당한 재원이라더군요. 아마 둘이 결혼하면 자자손손 머리 걱정은 없을 겁니다."

"호호호! 은수에 대해 잘 아는구나. 요즘 이만한 애는 보기 힘들지."

큰어머니는 마치 자신의 딸의 일처럼 좋아하셨고 큰아버지도 그녀가 며느리로 싫지 않은지 흐뭇하게 웃고 계셨다.

아무튼 내가 한발 물러서는 것으로 방의 분위기는 화기애애해졌기에 잘했다는 생각이 들었다.

가족 간에 식사를 하다 보면 좋은 얘기 끝엔 언제나 근심거리에 대한 얘기가 나오게 마련이었다.

결혼을 안 한 자녀가 있으면 결혼 얘기가, 놀고 있는 자녀가 있으면 취업 얘기가.

딱히 문제없는 큰집에서 그나마 문제라면 민주밖에 없었다.

물론 내가 볼 땐 전혀 문제가 없었지만 큰어머니 눈엔 그렇지 않은가 보다.

"철아, 민주 좀 말려줘라. 패션에 대해 공부한다고 해서 그런가 보다 했더니 장사한다고 난리다."

"장사가 아니라 공부의 일환이라니까요!"

"말이라도 못하면…… 가게까지 차려서 하고 있는 줄 누가 모를까 봐."

"그, 그야… 공부하면서 돈도 벌고 그야말로 일석이조 아냐?"

"그걸 말이라고 하니, 이것아! 누가 너더러 돈 벌래?"

두 사람이 티격태격 싸우는 것을 보고 누구 편을 들지 곰곰이 생각했다.

넓은 의미에서 스타일리스트를 꿈꾸던 민주는 흥미 가는 위주로 학원을 다니고 공부를 한 모양이었다. 그러다 패션 쪽도 손을 댔고 어쭙잖은 실력으로 옷을 디자인하기까지 했다.

거기까지 했으면 좋았을 텐데 자신이 옷을 만들었다는 기쁨에 여지민에게 자랑을 한 것이 문제였다.

여지민은 예전에 옷을 만들면 입어주겠다는 한 약속을 지켰고 그 상태로 카메라에 노출이 됨으로써 여기까지 온 것이다.

고작 몇 달간 학원에서 옷 만드는 법을 배운 민주가 만든 옷은 새로운 제품이 출시될 때마다 없어서 못 팔 정도로 팔려 나가고 있었다.

'모든 게 지민이 때문에 일어난 일시적인 현상이겠지만 가보는 데까지 가보는 것도 괜찮지 않을까?'

그것도 사실 일시적인 현상인지라 곧 새로운 유행이 시작되면 거품은 사라질 테고 민주는 실패를 맛볼 것이다.

그것도 나름 괜찮지 않을까.

"큰아버지는 어떻게 생각하십니까?"

큰어머니가 나에게 물었지만 큰아버지께 먼저 여쭈어봤다.

"글쎄다. 나도 고민 중이다. 네 생각은 어떠냐?"

큰아버지까지 내 의견을 물었기에 솔직한 내 생각을 말했다.

"그냥 놔둬도 되지 않겠습니까?"

"철아!"

"봐요, 엄마! 역시 잘나가는 사람답게 생각하는 것도 다르다니까."

"넌 조용히 안 할래?"

민주를 조용히 만든 후 말을 이었다.

"대신 지금 이대로는 안 됩니다. 지민이랑 개인적으로 친하다고 해도 쇼핑몰에 사진을 계속 이용하는 건 문제가 있습니다."

"지민 언니가 허락했단 말이야!"

"걔의 초상권도 현재는 KC엔터테인먼트에 있거든."

"에이~ 오빠 회사잖아."

"난 주주일 뿐이고. 그리고 한 번만 더 입을 열면 나도 반대한다. 내 성격 알지?"

"…알지. 더러운… 아, 아니, 닥치고 있을게, 계속 얘기해."

"아무튼 시작했으니 이왕이면 지민이에게 초상권에 대한 정당한 값을 주고 세금도 제대로 내면서 법적으로 아무 문제 없는 확실한 회사를 만들자는 겁니다."

"아예 이 길로 나가게 하자고?"

"아니 할 말로 대학 입학하고 졸업한 다음 지민이가 뭘 할까? 유명 스타일리스트? 패션 디자이너? 그것도 아니면 좋은 남자 만나서 시집가는 거? 앤 아껴만 쓰면 평생 혼자 월세 받으며 살 수 있는데 굳이 그런 거에 얽매일 필요가 있을까요?"

"……."

"물론 일이 공부를 하기 싫다는 도피처가 되어선 안 될 겁니다. 자신의 입으로 분명 공부의 일환이라고 했으니 큰어머니가 원하는 대학에 입학 못 하면 그땐 폐업을 시켜 버리면 됩니다."

내 의견을 피력하진 않았다.

난 그저 의견을 말한 것뿐이었고 그것에 대한 결정은 결국 큰어머니와 민주의 몫이었다.

"그건 괜찮은 것 같은데……."

"악! 안 돼. 엄마가 바라는 대학은 원래 성적으로도 불가능한 곳이라고!"

"제 의견은 조금 달라요. 민주의 가능성을 미리부터 단정지을 필요가 있을까요?"

내 의견을 듣고 큰어머니와 민주는 물론 정은수까지 가세해서 설왕설래가 이어졌다.

때론 목소리가 커지고, 때론 얘기가 원점으로 돌아가기도 했지만 그럼에도 불구하고 내 눈에 그들의 모습이 행복해 보였다.

"이게 다 오빠 때문이잖아! 근데 뭐가 좋다고 그렇게 웃는 건데?"

"하하하! 그냥."

문득 대한민국의 미래를 바꾸겠다는 거창한 목표보다 한 사람이, 한 가정이 행복해지게 만드는 것 더 나은 길이 아닐까 하는 생각이 들었다.

*　　　*　　　*

　"아줌마, 그동안 고생했어요. 더 챙겨주고 싶은데 우리 사정 빤히 알잖아. 혹시 자리 비면 연락할게."

　"…그, 그래주시겠어요?"

　음식점에서 일하던 윤수희는 방금 해고를 당했다.

　손님이 줄었다는 빤한 핑계였지만 더 젊고 반반하게 생긴 조선족을 고용하기 위해서라는 걸 알고 있었다.

　많은 돈을 투자해 식당을 오픈했지만 죽도록 고생하고도 얼마 벌지 못하는 식당 주인의 마음을 이해하지 못한 것은 아니었다. 다만 적어도 열흘 전에만 얘기를 해줬더라면 하는 아쉬움이 남았다.

　물론 고용노동부에 신고를 해서 식당 주인에게 불이익을 줄 수도 있었다. 그러나 평생 누군가에게 작은 불편조차 끼쳐 본 적 없는 그녀로서는 그저 돌아설 수밖에 없었다.

　"이번 달 공과금을 제대로 낼 수나 있을는지……."

　돌아서자마자 머릿속에선 돈 들어갈 곳이 주르륵 떠올랐다. 그리고 이어 부족한 돈을 어떻게 메울지를 생각해 보지만 막막하기만 했다.

"휴우~ 힘들다."

윤수희는 갑자기 몰려오는 무력감에 은행 ATM 영업점 한쪽 옆 계단에 앉았다.

잠깐 쉬었다가 갈 생각이었다.

'박스다.'

윤수희가 하루에 하는 일은 총 세 가지였다.

하나뿐인 딸을 출근시켜 놓고 10시부터 7시까지 식당에서 일을 했고, 식당이 끝나면 잠깐 집에 들러 저녁을 먹고 난 후에 집 근처 여관과 모텔을 돌며 청소를 해줬다. 게다가 그것도 부족해 여관에서 돌아오면서 1시간, 새벽에 일어나 2시간 동안 동네를 돌며 종이 박스나 고물을 주웠다.

식당이 쉬는 날에 틈틈이 주워놓은 폐지와 고물을 고물상에 갖다 주면 몇천 원씩, 운 좋으면 만 원 넘게 손에 쥘 수 있었다.

종이 박스를 줍는 사람들은 의외로 많았다. 그래서 눈에 띌 때 줍지 않으면 금세 누군가가 주워 가버렸다.

현재 자신이 식당에서 해고당했고 잠깐 쉬기 위해 앉았다는 것조차 잊었는지 그녀는 후다닥 일어나 종이 박스가 있는 곳으로 걸어갔다.

끼이익!

누가 주워 갈세라 얼른 챙기려다 마침 ATM 영업점 앞에 주차하려는 외제 차를 보지 못했다.

차가 급히 멈춰 섰던지라 부딪히진 않았지만 너무 놀라 움직이지 못하고 있는데 40대 초반쯤 되어 보이는 여자가 차에서 내렸다.

"…괜찮으세요?"

화려한 옷차림에 선글라스를 낀 여자는 나른한 목소리로 물었다.

"괘, 괜찮아요. 미, 미안합니다."

윤수희는 차를 보지 못한 것에 사과를 했다.

"여긴 보도인데 오히려 제가 죄송하죠. 혹시 부딪혔으면 말해주세요. 나중에 귀찮은 건 딱 질색이거든요."

여자는 예의 바르게 나왔지만 묘하게 사람을 깔보는 듯한 느낌이 있었다. 물론 윤수희가 자격지심 때문에 그렇게 느껴지는 것일 수도 있었다.

"부딪히지 않았어요. 그럼……."

윤수희는 다시 한 번 확실하게 말한 후 박스 있는 곳으로 갔다.

종이 박스를 버릴 때 부피를 줄여서 버리는 사람은 드물었다. 주워 가는 사람들이 테이프를 떼어내고 꽉꽉 눌러 부피를 줄여야 했다.

"아줌마."

갑자기 부르는 소리에 돌아보니 아까 본 외제 차를 탄 여자였다.

"이건 제 명함이에요. 혹시 병원에 갈 거라면 연락해요. 그리고 이건… 다치지 않았다지만 위로금이라고 생각해도 좋아요."

여자는 명함과 5만원 몇 장을 윤수희의 손에 쥐여주곤 횅하니 가버렸다.

황당하다 못해 어이가 없었던지 윤수희는 차가 떠난 곳을 한참 동안 쳐다보고 있었다.

여자가 자신을 어떻게 생각하는지 느껴지는 것 같아 기분이 더러웠다.

그러나 그보다 화가 나고 견디기 어려운 것은 자신에 대한 비참함이었다.

극히 짧은 순간이었지만 분명 여자에게 돈을 돌려줄 수 있는 시간은 있었다. 그러나 순간 '이 돈이면 공과금을 낼 수 있지 않을까?'라는 생각에 주춤거린 것이다.

'정말이지…….'

순간 울컥하는 기분이 목구멍까지 올라왔다. 겨우 참아 눈물을 보이진 않았지만 그녀는 속으로 이미 울고 있었다.

살기 위해 돈을 버는 건지 돈을 벌기 위해 사는 건지조차 생각하지 못할 만큼 바쁘게 살아온 삶이었다. 새벽부터 밤까지 온몸이 물 먹은 솜처럼 되도록 일하고 또 일해왔지만 상황이 나아지기는커녕 갈수록 삶을 더욱 옭죄어올 뿐이었다.

살아온 삶이, 현재의 삶이, 살아갈 삶이 오늘따라 유독 덧없이 느껴졌다.

한참 동안 멍하니 서서 감정을 추스른 그녀는 다시 살아가기 위해 움직였다.

"우리 딸 왔니?"

새로운 직장을 구하기 위해 동네를 돌며 '아줌마 구함'이라는 광고를 찾으려 했지만 없었다. 결국 내일 옆 동네를 돌며 찾기로 하고 집으로 돌아와 저녁을 준비하고 있는데 딸인 이선민이 왔다.

"…네."

오늘도 힘든 하루를 보냈는지 잔뜩 지친 얼굴로 돌아온 이선민은 짧은 대답과 함께 욕실로 향했다.

씻고 나온 이선민은 언제나처럼 가타부타 말 없이 윤수희가 준비해 둔 밥상에 식사를 시작했다.

윤수희는 못난 자신을 만나 호강은커녕 제대로 된 교육도 받지 못하고 졸업과 동시에 생활 전선에 뛰어든 그녀를 안쓰럽게 바라보았다.

딸아이에게만은 자신과 같은 삶을 살게 하고 싶지 않았다.

한데 점점 높아져만 가는 집값과 각종 공과금, 물가는 혼자 힘으로 감당하기엔 불가능했고 결국 이선민마저 합세하고 나서야 겨우 생활이 유지되고 있었다.

윤수희는 고민하던 말을 꺼냈다.

"엄마, 일하던 식당에서 그만뒀단다."

"……."

국을 뜨던 이선민의 숟가락이 순간 멈췄다.

"언제나 그렇듯이 며칠 내로 구할 수 있을 게다. 혹시나 그 식당으로는 찾아오지 말라고 한 소리이니 넌 걱정하지 마렴."

"…네."

이선민은 대답을 한 후 몇 숟갈 뜨다가 마음에 걸리는 것이 있었는지 식사 중 처음으로 고개를 들고 윤수희를 보며 말했다.

"너무 조급하게 생각하지 마시고 천천히 구하세요. 정 안 되면 제가 야간작업을 하면 돼요."

윤수희는 이선민의 말에 가슴이 미어지는 것 같았다. 그러나 약한 모습을 보이면 딸이 더 슬퍼할 거라는 걸 알기에 담담한 척 말했다.

"걱정 말래두. 늦어도 다음 주면 새로운 곳을 구할 수 있을 게다."

"…네. 잘 먹었어요."

"왜? 더 먹지 않고?"

"일하다가 간식을 먹어서인지 입맛이 없네요."

이선민의 하루 용돈은 차비를 제외하고 나면 삼사천 원밖에 되지 않았다. 그마저도 알뜰살뜰 모아 생활비에 보태는데 무슨 간식을 먹었겠는가.

그러나 다시 앉아 먹으라는 말을 할 수 없었다. 이선민은 스트레스를 받을 때 억지로 먹으면 유독 잘 체했다.

"…엄마."

자신의 방으로 향하던 이선민이 돌아서며 윤수희를 불렀다.

"으응?"

"우리 그만……. 아, 아무것도 아네요. 설거지는 놔두세요. 제가 좀 이따 할게요."

무슨 말을 하려다 말고 도망치듯 자신의 방으로 들어가는 이선민을 바라보던 윤수희의 눈에서 결국 눈물이 떨어졌다.

이선민이 무슨 말을 하려 했는지 알 것 같았기 때문이었다.

두 번 다시 기억하고 싶지 않은, 이선민이 고등학교 때 2학년 때 울면서 했던 말이 기억났다.

"엄마, 우리 그만 살자. 이렇게 사는 게 무슨 의미가 있어. 이 지옥과 같은 삶에서 벗어날 아무 희망이 보이지 않잖아."

그날 처음으로 이선민에게 손찌검을 했었다. 그리고 그녀를 붙잡고 얼마나 울었는지 모른다.

희망이 있다고 분명 웃으면서 힘들었던 날들을 회상하는 날이 올 거라고 설득을 했었다.

그로부터 3년이 지났지만 변한 건 아무것도 없었다. 아니, 더 악화되어 갈 뿐이었다.

─국민희망재단은 아직 희망이 있음을, 포기하기엔 이름을 알려 드리고 싶습니다.

올여름부터인가 지나가면서 몇 번 본 적이 있는 문구였다.

그러나 딱히 마음에 와 닿는 글도 아니었고 예전에 도움이 필요할 때 단체들에서 거절당했던 기억 때문인지 무시하고 지나갔다.

한데 오늘은 푯말 앞에 서서 한참을 망설이게 된다. 아무래도 윤수희 그녀가 처한 상황 때문이리라.

일을 구하지 못한 지 한 달이 지나가면서 그녀가 하루하루 받는 스트레스는 어마어마했다. 게다가 날씨만큼이나 혹독한 겨울이 오고 있다는 생각마저 더해지면서 지칠 대로 지쳐 있었다.

어제는 딸이 했던 말대로 하는 것도 나쁘지 않을 것 같다는 생각마저 했었다.

'아직 희망이 있다고? 그럼 보여줘요, 제발.'

그녀는 얼핏 마지막이라는 생각을 하며 국민희망재단으로 들어갔다.

"어서 오세요."

입구에 서 있던 안내원이 미소 띤 얼굴로 인사를 하며 윤수희를 맞이했다.

크지 않은 내부엔 많은 사람들로 북적이고 있었다.

"지원 신청하러 오셨다면 제가 도와드릴게요. 이쪽으로 오세요."

얼핏 보기에 자신보다 더 어려워 보이는 사람들이 많아 보였기에 그냥 나갈까 싶었지만 안내원이 적극적으로 나와 끌려가다시피 그녀를 따라갔다.

그녀가 안내한 곳은 책상과 의자 하나가 다인 방이었다.

"먼저 이 서류를 작성해 주세요."

그녀가 건네는 서류는 거짓말 안 하고 얇은 패션 잡지만큼 두꺼웠다.

"…이걸 다요?"

"좀 많죠? 하지만 이 서류가 지원자 선정에 중요한 역할을 해서 반드시 필요하니 꼼꼼하게 읽어보시고 정확하게 작성해 주셔야 합니다."

"알겠어요."

도움이 필요해서 왔는데 이깟 게 대수겠는가.

"가장 첫 장에 보시면 주의 사항이 있습니다. 꼭 읽어보시고 불이익을 당하는 일이 없도록 하세요."

윤수희는 첫 장을 폈다.

거짓으로 쓴 것이 발견 시 민, 형사상의 책임을 물을 것이라는 문구가 맨 처음 나와 있었다.

그 외에는 작성 시 주의 사항이었다.

"아주머니, 참고로 얼마나 어려운지 숨기지 말고 적으세요. 여긴 정부 지원과 달리 수치를 보지 않고 실질적으로 얼마나 어려운지를 보거든요. 가령 한 달에 300만 원을 벌지만 낭비하지 않았음에도 300만 원 이상을 쓰는 사람이 있으면 지원을 받으실 수 있으세요."

"내 딸도 버는데 그런 경우도 가능한가요?"

"조금 전에도 말씀드렸듯이 수치적 도움이 필요한 사람이 아니라 실질적 도움이 필요한 사람을 지원하기 때문에 상관없어요."

안내원이 다소 어렵게 말하는 경향이 있었지만 윤수희는 말하는 바를 정확히 이해할 수 있었다.

나라, 즉 정부의 지원은 수치의 지원이었다.

나라는 지원금을 받는 사람이 조금이라도 돈을 벌면 생활이 좀 더 나아질 것이라 생각하고 돈을 벌기 시작하면 지원을 끊어버리는 경우가 있었다.

그래서 돈을 벌면 생활이 더 어려워지는 경우가 생겼다. 또한 가족 중 돈 벌 나이가 되는 사람이 생기면 마찬가지로 지원이 중단되었다.

물론 정부의 저소득층 지원이 나쁘다는 얘기가 아니었다. 다만 지원 대상자들에 대한 좀 더 세심한 관리가 필요했다.

윤수희는 서류를 40분이 넘게 꼼꼼하게 작성해서 안내원이 데려다준 창구 직원에게 제출했다.

"1차 합격 여부는 30분쯤 걸릴 겁니다. 메시지로 전해 드릴 수 있는데…… 휴대전화가 없으시군요. 그럼 집으로 전화를 드릴까요?"

"기다려도 되나요?"

"물론이죠. 차를 마시면서 기다리시면 결정되는 대로 말씀 드리겠습니다."

윤수희는 일어나려다 1차라는 말이 마음에 걸려 물었다.

"몇 차까지 있고 기간은 얼마나 걸리나요?"

"안내 못 받으셨어요? 여기 팸플릿이 있으니 읽어보세요. 심사 과정과 지원 내용이 있으니 읽어보시면 도움이 되실 거예요."

윤수희는 팸플릿을 받아 빈자리로 가 앉았다. 그리고 팸플릿을 읽었다.

지원자 선정 과정은 총 5차까지였는데 1차 서류심사, 2차 가정방문심사, 3차 서류검증, 4차, 5차는 비밀심사라고 적혀 있었다.

'그런데 지원 내용이……!'

나흘에서 이레까지 걸리는 3차 서류검증까지 통과하면 일단 생활을 압박하는 각종 공과금이나 은행 이자 등을 지원했다. 무엇보다도 놀란 것은 최종 선정이 되고 난 후의 지원이었다.

전세금, 직업 교육비, 생활비는 물론이고 나이, 성별에 따라 창업 자금 지원, 컨설턴트 비용까지 한 가족이 사회 구성원으로 정착할 때까지 거의 무한 지원이었다.

물론 이론일 뿐이었다. 두 쪽에 걸쳐 적어둔 지원 중지 사유는 지원자가 놀면서 지원금으로 생활하는 게 절대 불가능하게 만들어놓았다.

하지만 지원 중지 사유를 읽으면서도 윤수희의 얼굴엔 점점 희망이 차오르고 있었다.

'이건 열심히만 일한다면 중지될 일이 없다는 얘기잖아! 제발 되었으면 좋겠다.'

얼마 전 이웃집 주민과 함께 참여한 종교 행사에서 들은 기도문을 속으로 불렀다.

딸아이는 일본 종교라 별로 마음에 들어 하지 않았지만 지금 기댈 곳은 그곳밖에 없었다.

그리고 결과가 나왔다.

"윤수희 님! 1차 통과하셨습니다."

제2장

변화하는 세상 II

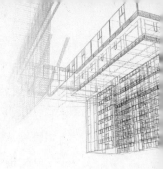

"잘 먹었습니다."

계산을 하며 식당 주인에게 말했다.

"음식을 많이 남기셨던데. 혹시 맛이 없어서……?"

"절대 아닙니다. 원래 제가 드라마 촬영 중이라 손을 대면 안 되는데 한 숟갈만 먹어보자 하다가 그나마 그만큼이나 먹어버렸네요. 다음에 오면 그땐 싹싹 비우고 가겠습니다."

거짓말이다. 물론 맛이 없어서 못 먹은 것도 아니었다. 그저 배가 터질 듯이 부를 뿐이었다.

"야! 맛있는 거 먹자고 해서 나왔더니 먹여 죽일 생각이냐!"

차에 오르자 석도민이 발끈해서 외쳤다.

"맛은 있었잖아."

"난 더는 못 먹어. 이번엔 너 혼자 들어가서 먹어."

"진짜 의리 없게시리."

"의리? 그런 녀석이 음식은 잔뜩 시켜놓고 나만 먹이냐? 내가 최소한 너보다 두 배는 더 먹었거든! 더 먹으면 그때부턴 대리 불러야 할 거다."

석도민과 내가 이렇게 된 이유는 촬영 스케줄이 하루가 비었다고 호텔에서 푹 쉴지, 아님 상하이에 하루 코스로 식도락 여행을 갈지 허진경에게 자랑한 덕분이었다.

그녀는 민생 시찰이라는 명목으로 국민희망재단의 선정자들이 어떻게 살고 있는지 둘러보라고 했고, 하지 않으면 재단을 그만두겠다는 협박을 했기 때문에 어쩔 수 없이 해야만 했다.

재단의 선정자들은 대부분 나이가 많고 저학력에 전문적인 기술이 없었다. 그러다 보니 그들이 할 수 있는 일은 한정되어 있었다.

"형, 식당에 가기 전에 재단 지원 커피숍에 잠깐 들르자. 시켜놓고 손도 안 대고 나온다면 문제가 있잖아."

허진경이 날 골탕을 먹일 작정으로 죄다 음식점만 잡아놓은 모양이었다.

차로 1시간이 넘게 달려왔지만 차 안에서 숨쉬기 운동만 해서인지 배가 거의 꺼지지 않았다.

"와! 좋은 생각이다. 주소가 어디냐?"

석도민도 반색을 했다.

커피숍은 프랜차이즈를 끼고 한 것은 아니지만 시내의 꽤 목 좋은 곳에 위치해 있었다.

일단은 암행이라는 타이틀을 걸고 하는 일이었기에 고개를 숙인 채 석도민을 뒤따라 들어갔다.

다행히 직원이 열심히 스마트폰으로 뭔가를 하고 있어서 들키지 않고 구석 자리에 자리를 잡을 수 있었다.

"이야! 근데 이렇게 한적해도 되는 거냐?"

열다섯 테이블이 널찍하게 자리한 커피숍엔 우리를 제외하고 한 팀밖에 없었다.

"한가한 땐가 보죠. 전 아이스 아메리카노요."

"잠깐 기다려라."

석도민이 주문을 하러 간 사이 살펴볼 집이 아니었음에도 오늘의 역할 때문인지 이리저리 둘러보게 된다.

지금까지 들렀던 곳과 달리 약간 고급지게 해놓았다는 걸 제외하곤 딱히 흠잡을 곳이 없었다.

'전체적으로 가격이 좀 세네. 외국까지 가서 바리스타 교육을 받은 사람이라 자신만의 고집이 있는 건가?'

인터넷에 들어가 확인하는 것만으로도 선정자에 대해서 알 수 있었다.

이런저런 생각을 하고 있는데 커피를 가져왔다.

"무슨 커피값이 유명 커피숍 가격이랑 차이가 없냐? 쯧! 내가 장담하는데 여기 몇 달 안에 망할… 아, 미안. 가격에 살짝 짜증이 나서 생각 없이 말했다."

"바리스타가 정성 들여 만든 거랑 아르바이트생들이 기계에서 뽑은 게 같아? 일단 욕하려면 먹어보고 해라."

"아르바이트생이 머신에서 뽑던데."

"로스팅을 해놨겠지."

난 석도민에게 핀잔을 주고 커피를 마셨다.

"…씨발!"

석도민의 입이 아닌 내 입에서 욕이 나왔다.

쓰다 못해 탄 맛이 났고 담배꽁초를 넣고 끓였는지 담배 맛까지 났다.

거짓말 안 하고 아르바이트생들이 커피 머신에서 뽑은 커피가 백배는 맛있었다.

"…형, 이 집에 커피 말고 다른 것도 좀 사 와봐."

"으, 응……."

분위기가 이상하다고 느꼈는지 석도민은 두말없이 다시 카운터로 갔다.

커피 맛에서 이상함을 느끼고 가게를 다시 둘러보자 이상한 점들이 보였다.

석도민이 이번엔 가게에서 파는 케이크와 쿠키를 사 들고 왔다.

당연하게도 맛은 있었다. 직접 만든 것이 아닌 어느 제과점에서 가져온 것이었으니까 말이다.

기껏 생각해서 돈을 내놨더니 엉뚱한 놈들이 곶감 빼먹듯이 날름날름 처먹고 있다고 생각하니 속이 부글부글 끓어올랐다.

딸랑~

어떻게 처리해야 할지 고민하는데 새로운 손님들이 왔다.

그들은 골프를 치고 왔다는 걸 보여주고 싶기라도 한지 골프웨어를 입고 우르르 몰려 들어왔다.

무척 즐거워 보이는데 커피 맛을 보고 기분이 상할 것 같아 이곳에서 먹지 말라고 말하고 싶은 충동이 생겼다.

그러나 일어나려는 순간 들려오는 소리에 다시 앉아야 했다.

"유영아, 오늘은 손님 좀 있었냐?"

"아뇨."

"업종을 바꿔야 하나? 뭐, 내 돈 들어가는 것도 아닌데 굳이 신경 쓸 필요 있나. 냉장고에 맥주 있지? 좀 꺼내 와라."

"작은아빠. 여긴 커피숍이거든요."

"내가 여기 사장이거든요! 아르바이트비 더 챙겨줄 테니까 안주도 좀 가져와라."

손님이 있든 말든 상관없이 그들은 큰 소리로 얘기를 했다.

자리에 앉아서도 마찬가지였다.

"오 사장, 사촌 동생이 해줬다는 곳이 여기였어? 오~ 꽤 좋은데? 그런데 그렇게 해도 괜찮은 거야? 나중에 괜히 문제 생길 텐데."

"문제는 무슨. 다 방법이 있어."

"무슨 방법?"

"심사하는 애가 먼 친척 조카야. 지점장은 사촌 동생이고. 근데 문제 될 게 뭐가 있겠어."

가족 경영의 본보기를 보여주고 있었다.

"…괜찮아?"

석도민이 손수건을 건네며 물었다.

나도 모르게 들고 있던 케이크를 손에 꽉 쥐고 있었던 모양이었다. 손이 초콜릿 범벅이었다.

"케이크가 너무 맛이 없어서."

화를 가라앉히려고 농담을 해보지만 조금도 그리되지 않았다.

"어쩔 생각이냐?"

"어쩌긴. 남의 돈을 날로 먹으면 어떻게 되는지 확실히 가르쳐 줘야지."

성질 같아선 관련자 전체를 으슥한 창고로 끌고 가서 따끔하게 버릇을 고쳐주고 싶지만 이젠 폭력으로 해결하는 짓은 그만할 때였다.

허진경에게 전화를 걸었다.

―즐겁고 배부른 암행 되고 있어?

역시나 계획적으로 음식점만 돌게 했다는 걸 알 수 있는 말이었다. 그러나 일단 사소한 문제는 내버려 두기로 했다.

"여기 86번 수혜자의 가게야."

―…커피숍을 하는 바리스타 오성문 씨의 가게? 커피 맛이 많이 안 좋은가 보네. 목소리가 많이 가라앉아 있는데?

"응. 재떨이에서 꺼낸 담배꽁초를 피울 때 나는 맛이 커피에서 나. 그리고 가게에서 썩은 내가 진동을 하고."

―에휴~ 서두를 때부터 이런 일이 발생할 줄 알았어. 감사실 사람들과 경찰 보낼게. 미안.

"네 잘못이 아냐. 나랏돈과 회삿돈을 자신의 돈인 양 아는 인간들은 있게 마련이니까. 아마 재단이 존재하는 한 계속해서 있을 거야. 다만 본보기를 보여서 최소화시키는 수밖에."

―걱정 마. 모든 수단을 강구해서라도 손해를 입은 것은 물론 피해 보상까지 철저하게 받아낼 테니까.

"그래야지. 그리고 아무래도 이런 일이 발생한 건 대표가 없기 때문인 것 같은데……."

―아니. 내가 생각하기엔 그보단 이번 일에 대한 책임을 져야 할 사람이 있어야 할 것 같아.

은근슬쩍 미안한 마음을 이용해 이사장 자리를 떠넘기려

했더니 도리어 책임을 들먹이며 그만두려 했다.

"책임은 서두르라고 지시한 내 탓이지. 없었던 일로 하자. 하여간 고집은."

—그 고집을 꺾는 방법이 어려울 것도 없잖아. 아무튼 경찰 보냈으니 10분 안에 도착할 거야.

"쩝! 알았어. 경찰 오는 거 보고 다시 배 터지게 먹으러 가야겠다."

허진경과 통화를 끝내고 잠깐 기다리자 커피숍으로 경찰이 들이닥쳤다.

"뭐, 뭐야? 강 경위, 나 몰라? 이 경감이 내 친척의 친구라는 거 뻔히 아는 사람이 왜 이래?"

경찰은 조용히 얘기하는 반면 오성무는 이번에도 역시 다 들릴 정도로 큰 소리로 말했다.

나름 이 지역에서 방귀 좀 뀐다는 사람인지 출동한 경찰과도 잘 아는 모양이었다.

경찰이 뭔가 말하자 그제야 그는 내가 있는 쪽을 바라보더니 당황한 표정을 지었다.

돈도 없는 사람 같지 않은데 왜 누군가에게는 살아갈 희망이 될 돈을 탐했는지 묻고 싶었다. 그러나 시끄러워질 것이 두려웠는지 석도민이 잡아끄는 바람에 밖으로 나와야 했다.

"퉤! 탄 커피를 먹어서인가 입이 쓰네. 여기까지 왔으니 이번 집만 들르고 올라가죠."

간만에 기분 좋게 살고 있는데 또 한 번 이런 일을 보게 된다면 기분이 완전히 잡칠 것 같았다.

물론 재단을 만든 건 후회하지 않았다.

오성문 같은 빌어먹을 놈보다 그 전에 들렀던 곳처럼 혜택을 받는 이들이 더 많았기 때문이었다.

"오! 여기 선민식당 맛집인가 보다. 사람들이 엄청 많은데."

주차할 곳을 찾으며 석도민은 분위기를 바꿔보려는 듯 호들갑을 떨었다.

"근데 이 동네 사람들은 맛집 탐방을 리어카를 끌고 다니면서 하나? 왜 이렇게 리어카들이 많아."

북적이는 음식점 앞에 리어카뿐만 아니라 손수레도 여기저기 놓여 있었다.

공통점이 있다면 리어카나 손수레에 종이나 플라스틱 페트병이 담겨 있었다.

근처 공영 주차장에 주차를 하고 자리가 있나 기웃거리는데 음식을 나르던 젊은 여자가 우리를 발견하고 밖으로 나왔다.

"죄송해요. 여기 보시면……."

그녀가 가리키는 방향엔 리어카가 있었다.

"아! 플래카드가 가려져 있었네요. 잠시만요."

젊은 여자가 리어카를 조금 밀자 숨겨져 있던 플래카드가 보였다.

[오늘은 어르신들에게 따뜻한 한 끼를 대접하는 날입니다.]

그러고 보니 식당 내부에 있는 분들이 백발의 노인들이 대부분이었다.

"좋은 일 하시네요."

조금 전까지의 엿 같던 기분이 플래카드를 보는 순간 씻은 듯이 사라졌다.

"별말씀을요. 고작 한 달에 한 번 식사 대접하는 게 다인걸요."

"그게 쉬운 일은 아니죠."

"그리 말씀해 주시니 감사합니다. 근데… 혹시 김철 오빠 아니신가요?"

"제가 오빠입니까?"

"…소금이라도 뿌려 드릴까요? 호호호! 농담이에요."

농담을 농담으로 받을 줄 아는 여자였다.

"하하! 저도 농담입니다. 식사를 못 하게 되어서 아쉽긴 하지만 어쩔 수 없죠. 그럼 좋은 일 많이 하세요. 저흰 이만 가보겠습니다. 파이팅!"

주먹을 쥐며 손을 들어 보이곤 돌아서려는데 젊은 여자가 날 덥석 잡았다.

"어딜 가세요? 다른 사람은 몰라도 오빠는 언제라도 여기서 식사할 자격이 있으세요."

"연예인 프리미엄입니까?"

"그것도 그런데 국민희망재단을 만드신 분이잖아요. 들어오세요."

신문과 뉴스에 나왔지만 내가 국민희망재단을 만들었다는 걸 모르는 사람들이 훨씬 많았다. 비슷한 이름의 재단도 있었고 적극적으로 밝힌 적도 없었다.

물론 찾고자 한다면 인터넷 검색만 해도 알 수 있었지만 말이다.

"엄마! 누가 왔나 보세요!"

"어르신들 식사하는데 불편하게 왜 그렇게 호들갑이니. 좀 조용조용 얘기……!"

오픈형 조리실에서 설거지를 하고 있던 아주머니는 날 보곤 눈을 크게 떴다.

"세상에, 세상에! 이게 누구셔. 이사장님 아니세요. 저, 저쪽으로 앉으세요."

"…하하, 네."

너무 반겨주니 쑥스럽긴 했지만 나쁜 기분은 결코 아니었다.

막상 반갑게 맞이했지만 무슨 말을 할지 몰랐는지 '어이쿠! 이를 어째?'를 반복하다가 딸에게 밥 먹으러 왔다는 얘기를 듣고 조리실로 들어가며 말했다.

"식사하러 오셨다고요? 금세 맛있게 만들어 드릴 테니 조금만 기다려요. 선민아, 요 앞에 가서 시원한 맥주라도 몇 병 사오려무나."

"아! 아닙니다. 시원한 물이면 충분합니다."

"제가 대접해 드리고 싶어서 그래요."

말리고 자시고 할 것도 없이 선민이란 아가씨는 금세 술을 사가지고 돌아왔다.

성의를 무시할 수 없었기에 모녀가 일하는 모습을 보며 술을 홀짝거렸다.

"일단 이거 드시고 계세요. 좀 더 만들어 올게요."

큰 접시에 산처럼 쌓인 제육볶음과 계란말이, 김치찌개를 내놓고도 더 준비한다는 말에 화들짝 놀라 말렸다.

"이거면 충분합니다. 사실 잘들 지내고 계시나 해서 돌아다니느라 이미 충분히 먹은 상탭니다. 그러니 저흰 신경 쓰지 마시고 일 보세요."

"더 맛있는 것도 많은데. 일은 끝났으니까 신경 안 쓰셔도 돼요."

아주머니의 말씀대로 더 이상 들어오는 사람들은 없었고 식사를 마친 사람들은 하나둘 일어나 잘 먹었다는 말을 남기고 리어카와 손수레를 끌고 갔다.

음식은 상당히 맛있었다.

다만 배가 부름에도 맞은편 테이블에 앉아 흐뭇하게 웃는 두 모녀를 보고 있자니 못 먹겠다는 소리는 할 수 없어 최선을 다해 먹어야 했다.

"잘 먹었습니다."

숟가락을 놓을 수 있다는 것이 이렇게 기쁜 일인지 몰랐다.

"부족해 보이는데 더 갖다 드릴까요?"

"아, 아닙니다. 이제 저희도 올라가 봐야 해서요."

"난 시동 걸어놓을게."

석도민은 혹시나 더 먹으라는 말이 나올까 봐 무서웠는지 부리나케 밖으로 나가 버렸다.

"나오지 마세요. 그리고 이건⋯⋯."

"아니에요! 이사장님은 저희에게 이미 충분히 주셨어요. 더는 안 주셔도 돼요."

"아휴! 아닙니다. 제가 드린 게 뭐가 있다고요."

아주머니는 내 손을 붙잡으며 돈 받기를 거부했다.

약간의 힘을 주며 돈을 꺼내려는데 이어지는 말에 멈춰야 했다.

"저희 모녀에게 새로운 삶을 주셨잖아요."

"⋯⋯."

"맞아요, 오빠. 평생 감사하며 살게요."

"⋯하하! 쑥스럽게 왜들 이러세요. 그, 그럼 전 이만 가보겠습니다."

난 묘한 기분에 인사를 하고 서둘러 밖으로 나왔다. 도움을 줬는데 도움을 받았다는 모순된 느낌이랄까.

'오늘따라 기분이 롤러코스터를 탄 것 같네.'

석도민이 차를 끌고 오는 것을 보고 걸음 멈췄다. 그리고 뒤를 돌아 선민식당을 보았다.

밖에 나와 있던 두 모녀는 내가 바라보자 90도 가까이 고개를 숙였다.

나 역시 그들과 똑같이 고개를 숙였다.

봉사 활동을 하며 남의 행복을 자신의 일처럼 기뻐하는 우당 어르신들의 마음을 조금이나마 알 수 있었다.

*   *   *

부패지수가 해가 갈수록 줄어드는 게 아니라 점점 높아지는 대한민국.

그중 가장 부패가 심한 곳 세 곳을 꼽으라고 한다면 개개인에 따라 다소 차이가 있겠지만 대부분의 사람은 주저하지 않고 정치계, 언론계, 그리고 마지막으로 검찰을 뽑을 것이다.

아니, 국방부일 수도 있겠다.

아무튼 다수의 썩은 자들에게 가려져 겉으로 잘 드러나지 않는다뿐이지 세 곳에 소수의 정직하고 강직하며 국민을 우러러 부끄럼 없이 일하는 분들도 분명 있었다. 그러나 그 소수는 차츰 멸종해 가고 있었다.

한데 그들이 썩었다는 것보다 더 무서운 것이 있었는데 그건 바로 스스로가 썩었다는 걸 모른다는 점이 아닐까.

자신이 속한 단체의 잘못된 점을 지적하거나 비판을 하면 고쳐 나가려는 것이 아니라 사실을 은폐하고 제 식구를 감싸고 그것도 부족해 적반하장으로 지적한 사람을 적으로 규정하고 온갖 보복을 자행하기도 했다.

물론 그들의 잘못된 점을 알고 있다고 해서 내가 그들을 욕할 자격이 있냐고 묻는다면 '아니요'였다.

나는 정치권에 돈을 써 원하는 바를 이루고, 인맥을 이용해 검찰 수사를 유야무야시키고, 돈과 권력을 이용해 내가 원하는 방향으로 기사가 나오게 만들었다.

그들이 썩는 데 일조를 한 것이 나였다.

물론 그들과 적대할 생각도 없었다.

미래를 바꾸겠다는 오지랖만으로도 내 인생은 충분히 고달팠다.

그러나 촬영장에 몰래 찾아온 방찬희에게 들은 말로 인해 바꾸지는 못해도 간섭할 일이 생겼다.

"공명정 의원의 뒤를 캐라는 명령이 내려졌습니다. 폭풍이 거셀 겁니다. 어쩌면 우당에 조금 영향이 미칠지도 모르겠군요."

공명정은 애민애국당 소속 두 명의 의원 중 한 명으로 꽤 열심히 의정 활동을 하고 있다고 들었다.

"갑자기 왜요?"

"검찰을 타깃으로 잡고 입법을 준비하고 있는 모양입니다."

"도대체 어떤 법이기에?"

검찰을 건드리면 상대할 게 검찰로만 끝나는 게 아니었다. 국회의원뿐만 아니라 정부 주요 인사 중에도 검찰 출신이 상당히 많았다.

"검찰 개혁을 위한 공직자비리수사처, 즉 공수처 설치 법안입니다."

"꼴랑 의원이 두 명인 당의 초선 의원이, 그것도 오래전부터 몇 번이고 언급되고 있는 공수처 법안을 내놓는다고 타깃으로 잡는다고요? 그게 오히려 사람들의 주목을 끄는 일 같은데요?"

이런 경우 검찰이든 정부든 그냥 무시해 버리면 되는 일이었다.

기사조차도 나지 않을 게 분명한 일을 긁어 부스럼을 만들려 하다니 이상했다.

"공명정 의원이 검찰 내부 고발자에게 상당량의 비리 정보를 얻었다는 소문이 있습니다. 그걸 언론에 푼 후에 법안을 상정해 힘을 얻으려는 것 같습니다."

"헐~ 그 양반, 자신이 어떻게 정치를 하겠냐고 출마를 거부했다더니 고작 1년 만에 정치인이 다 됐군요?"

"멋진 정치인이 되셨죠."

"그러게요. 한데 많이 안 좋습니까?"

그가 나를 찾아올 정도라면 이미 안 좋은 상태라는 의미였다. 하지만 확인은 해야겠기에 물었다.

"예. 무슨 수를 써서라도 막을 듯 보입니다."

"휴우~ 위험한 수단까지 동원하겠다는 말이군요."

위험한 수단이란 공명정 의원에게 직접적으로 손을 쓸 수도 있다는 얘기였다.

내 말에 방찬희는 고개를 끄덕이며 말을 이었다.

"저도 명령을 받은 이상 어영부영할 수가 없습니다. 그랬다간 정말 제 아버지와 우당에 정말 문제가 생길 수도 있으니까요. 그래서 하는 말인데 공명정 의원께 한 발짝 물러나라고 설득해 주시면 안되겠습니까?"

"글쎄요? 어떤 일이 있어도 관여하지 않는다고 약속을 해서⋯⋯. 아무튼 일단 알아보죠."

"혹시 설득이 불가능하다면⋯ 가지고 있는 것을 최대한 빨리 터뜨리라고 하세요. 그럼 최소한 공개적으로는 어쩌지 못할 겁니다."

"그러죠. 몸조심하십시오. 어느 정도 우당이 공격을 받는다고 해도 방찬희 씨를 잃고 싶지는 않습니다."

애민애국당이 우당과 연관이 있다는 걸 밝혀도 좋다는 얘기였다. 어쩌면 나까지 검찰에 불려 갈 수도 있는 일이지만 한 번 다녀온 곳이라 그런지 딱히 무섭진 않았다.

"제가 생각했던 것보다 가이드라인이 넓어서 좋군요. 아마 저도, 사장님도 무사할 겁니다. 저한테 신경 쓸 시간이 없을 테니까요. 그럼."

그도 나름 준비를 하고 있는 모양이었다.

방찬희는 올 때와 마찬가지로 아무도 모르게 어둠 속으로 사라졌다.

"쩝! 역시 올해가 빨리 가야 해. 잠잠하던 아홉수가 다시 움직이나 보네."

내가 알고 있던 미래와 조금씩 다르게 흘러가곤 있었지만 과거의 나에게 미래가 바뀌었다고 들어서인지 딱히 걱정되는 건 없었다.

다만 내 목적 때문에 국회의원이 된 공명정이 다칠까 걱정이 될 뿐이었다.

*   *   *

"공 의원에 대한 것은 어떻게 진행되고 있나?"

지검장은 고등학교, 대학교 직속 후배인 차장검사에게 물었다.

"예전 친일파 폭행 사건으로 검찰에 불만이 있는지 도통 말을 듣지 않습니다."

"시대가 어느 땐데 친일파 운운이야. 고작 과거의 일 때문에 우리랑 척을 지겠다면 한번 본때를 보여주는 것도 나쁘지 않겠지. 내부 정보를 빼돌린 놈은?"

"아직 조사 중에 있습니다. 공 의원이 가진 정보를 안다면 더 쉽게 유추할 수 있을 텐데 언급조차 안 하고 있으니……."

"동문이 아닌 자들을 잘 살펴봐. 언제나 불평불만으로 가득했잖아."

검찰을 이끌고 있는 건 대한대학교, 고구려대학교 두 개 대학 출신이라고 해도 과언이 아니었다. 그러다 보니 타 대학 출신들의 불만은 클 수밖에 없었다.

"근데 어떻게 해결할지는 생각해 뒀겠지?"

"공 의원의 경우 지난 보궐선거 때 갑자기 툭 튀어나온 인물입니다. 그리고 가진 재산에 비해 선거 때 꽤 많은 비용을 사용했습니다."

"불법 선거 자금으로 몰겠다는 말이군."

"예. 그가 독립운동가의 자손으로 우당으로부터 지원을 받고 있는데 그쪽에서 흘러온 자금이 아닐까 싶습니다. 한데……."

차장검사는 살짝 말끝을 흐리며 말하기를 주저했다.

지검장은 껄끄러운 상대가 우당에 있음을 직감하고 물었다.

"왜? 우당에 누가 있는데?"

"김장성 선배님이 우당의 이사로 계십니다."

지검장은 김장성이라는 말에 얼굴을 찡그렸다.

김장성은 그의 3년 선배로 동문은 물론이고 검찰에서도 인망이 두텁기로 유명한 인물이었다.

"이런! 근데 그 양반 로펌에 있다고 하지 않았어? 얼마나 더 벌겠다고 재단 이사직까지 맡은 거야."

"우당 이사장이 조카랍니다."

"뭐? 정말? 이거 설마… 재직할 때 검찰 스스로 자정 활동을 해야 한다고 부르짖던 그 양반이 주도하고 있는 거 아냐? 그럼 곤란한데."

"일단 공 의원을 정치자금법으로 얽어맨 다음 조사하면서 상황을 지켜봐야 할 것 같습니다."

"그래야지. 아무리 선배님이라고 해도 일단 현직에 있는 우리가 살아야 하지 않겠나. 하면 언제부터 시작할 건가?"

"보복성 수사라는 말이 나오면 곤란할 것 같기에 법안이 제출되기 전인 모레쯤 선관위와 공조로 수사에 착수할 생각입니다."

"좋아. 대형 언론사엔 내가 전화해서 얘기해 놓을 테니까 자네는 증거 확보에……."

뚜우~

지검장이 말하는데 인터폰이 울렸다.

"무슨 일이야?"

—지금 TV를 켜보셔야 할 것 같습니다.

"TV?"

―공명정 의원이 기자회견을…….

"뭐! 공 의원이 기자회견을 한다고!"

당했다는 생각이 머리를 스쳐 지나갔다. 지검장은 서둘러 TV를 켰다.

단상에 선 공명정 의원은 카메라를 보고 발표를 하고 있는 중이었다.

"…이 자리에 서기까지 많은 고민을 했습니다. 혹자는 이번 발표가 젊은 시절 친일파 척결을 하자고 주장하다가 검찰에 당한 것에 대한 보복이라고 생각할 수도, 검찰 내부의 문서를 입수한 저에게 법의 잣대를 들이밀려 할지도 모릅니다. 또한 조국을 위해 목숨을 아끼지 않았던 독립유공자분들과 그 후손들을 사람답게 살게 해주고 있는 우당을 핍박하거나 제가 사고가 나길 기원하는 이들이 있을지도 모르겠군요."

"빌어먹을 늙은 여우 같으니라고!"

차장검사는 주먹을 불끈 쥐며 소리쳤다.

국회의원이, 그것도 전 국민을 향해 기자회견을 했다. 하면 그가 한 말은 한 단어씩 분해되어 해석되게 마련이었다.

검찰이 그를 선거법 위반으로 몰아세우거나, 우당에 대해 세무조사나 검찰 조사가 들어가면 핍박을 한다는 말이 나올 것이 분명했다.

심지어 그가 만일 길을 걷다가 다치기라도 한다면 검찰이 입을 막으려 했다고 사람들은 믿게 될 것이다.

공명정 의원은 몇 마디 말로 차장검사가 준비한 것들을 무력화시켜 버렸다.

차장검사가 이를 가는 동안에도 공명정 의원의 발표는 이어졌다.

"제가 들고 있는 이 서류엔 검찰이 그동안 저질러 왔고 저지르고 있는 수많은 부정부패가 기록되어 있습니다. 기소권과 수사권을 모두 가진 그들이 잘못을 했을 땐 누가 과연 벌을 할 수 있겠습니까?"

이미 일은 벌어졌다.

지검장과 차장검사는 흥분을 한다고 일이 해결되지 않는다는 걸 누구보다 잘았다.

공명정, 그가 말하는 부정부패가 어떤 선까지 건드리는 것인지 추측하고 어떻게 피해를 최소화할지를 머릿속으로 계산하기 바빴다. 그리고 그 두 사람의 생각 중 공통점이 있다면 자신의 자리를 위협하면 타협은 없다는 것이었다.

"제 아버지는 일제강점기 때 독립운동을 하셨습니다. 그리고 해방을 맞이했습니다. 해방의 기쁨도 잠시, 민족상잔의 비극인 6.25 전쟁이 발발했고 그분은 또다시 총을 들어야 했습니다. 전 그분에 대한 기억이 거의 없습니다. 그러나 단 하나! 자원입대를 하러 가시기 전에 하셨던 말은 또렷이 기억합니다. 가족이, 국민이, 국가가 위험에 처했는데 가만히 있는 건 부끄러운 짓이라고 말씀하셨습니다."

"…지금까지 없었던 캐릭터야. 대중들을 자극하기 충분한 배경에 대중들이 뭘 좋아하는지도 잘 알고."

지검장의 말을 들은 차장검사가 말했다.

"먹고살기 바쁜 대중들이 관심을 가져봐야 언제나처럼 며칠이면 끝나지 않겠습니까?"

"그럴 거라곤 생각하는데… 모르겠어. 저 약아빠진 인간이 그런 사실을 모르고 있는 것 같지 않은데."

"불안하십니까?"

"글쎄……."

TV속 공명정의 말이 이어졌다.

"더러운 돈 몇 푼 벌고자 부정을 눈감아주기에 부끄러웠고, 가만히 있자니 아버지의 말씀이 기억나 쪽팔렸습니다. 그래서 이 자리에 섰습니다. 나라를 빼앗고 모든 것을 수탈한 일 제국주의 놈들과 나라를 망가뜨리고 세금을 수탈하는 부정부패의 원흉들이 다르다고 할 수 있습니까? 전 오늘 대한민국이 부정부패로부터 독립함을 선언하는 바……."

우—우—우—웅!

진동 모드로 해둔 스마트폰이 울렸다.

서울고등검찰청으로 오라는 메시지였다.

"총장님이 찾으시는군. 자네는 놈이 밝히려는 정보를 최대한 빨리 파악하고 대책을 마련하게. 그리고 지금까지 킵(Keep) 해놨던 연예인 도박 사건과 경제계 사건들도 터뜨릴 준비를 하게."

"알겠습니다."

"그리고 최악의 경우 우리 검찰도 노력해 오고 있었다는 걸 보여줄 희생양들도 몇 명 추려놓고."

"부장급 한둘은 해임시켜야겠지. 그리고 언론사 사주들과 약속을 잡게."

일이 벌어지면 어떻게 처리해야 하는지 매뉴얼이 있었다. 그리고 그 매뉴얼대로만 해도 웬만한 사건은 구렁이 담 넘어가듯이 넘어갔다.

그래서일까, 그들은 다소 심각한 상황이라는 걸 인지하면서도 처리 방법은 예전과 다르지 않게 진행했다.

그러나 김철이 두서없이 행했던 일들이 국민을 약간이나마 자극했고 그 약한 자극이 잠자코 지켜만 보던 국민을 일어나게 했다는 사실을 지검장과 차장검사는 몰랐다.

                    *   *   *

"이게 웬일이래? 정말 미래가 변한 건가?"

인터넷의 기사와 댓글을 확인하며 중얼거렸다.

공명정의 사건은 내가 예상했던 것과 다르게 흘러가고 있었다.

그가 기자회견을 하게 만든 것은 검찰이나 공명정을 눈엣가시처럼 생각하는 이들이 섣불리 움직이지 못하게 하기 위함이었다.

한데 최소한의 안전장치로 한 기자회견이 국민적 공감을 이끌어낸 것이다.

경제계, 정치계와 광범위하게 연관된 부정부패에 국민들은 분노했고 지금까지와 달리 강력한 부정부패 척결을 요구하기 시작했다.

연예인 군대 비리, 열애 기사, 국민들의 분노를 다른 곳으로 돌릴 만한 자극적인 범죄자 기사 등, 각종 물타기성 기사가 터졌다.

그러나 국민들은 그러한 사건에도 반응은 했지만 검찰의 비리에 대한 강력한 법적 처벌과 재발 방지를 위한 법의 보완과 제정을 잊지 않고 계속 주장하고 있었다.

이런 국민적인 반응을 보며 미래의 대한민국을 바꾸기 위한 새로운 길이 보이는 듯했다.

'내가 했어야 했던 건 류성은이나 류성철을 죽이는 것이 아닌 나라를 좀먹는 근본 원인을 제거하는 것이었는지도……'

에너지가 넘친다면 지금 생각난 방법으로 한번 해보고팠다.

'젠장! 메시지를 봤을 때 어이없이 사라져 버렸던 에너지가 있었다면 좋았을 텐데.'

지금 미래 바꾸기에 신경을 쓰지 않고 내 인생을 살고 있다고는 하지만 아직 포기한 건 아니었다.

아무튼 몇 개의 기사를 더 보던 난 스마트폰의 앱을 다른 것으로 바꿨다.

길과 벽을 찍고 있는 여러 개의 화면이 보였다.

이 화면은 공명정 의원의 집에 설치해 둔 CCTV가 찍고 있는 것으로 그의 집 근처에 대기 중에 있는 경호팀도 같은 화면을 보고 있을 것이다.

"경찰마저 공명정 의원이 잘못될까 봐 지키고 있으니 더 이상 신경 쓰지 않아도 될 것 같군."

공명정을 지키려고 기자회견 전부터 경호팀을 꾸려놨었다. 그것도 부족해 틈이 날 때마다 나도 그의 집 근처를 배회했었는데 이젠 그럴 필요 없을 것 같았다.

쿵쿵!

주먹으로 치는 듯한 노크 소리와 함께 차 문이 드르륵 열렸다.

비옷을 입고 우산까지 썼음에도 흠뻑 젖은 석도민이 큰 소리로 외쳤다.

"비가 너무 많이 와서 오늘 촬영은 스톱이래. 그리고 내일도 비 오면 실내 촬영으로 돌린대."

"그래요? 앞이 안 보일 정도로 비가 오니 인사는 생략해도 되겠네. 가요."

'양동이로 쏟아붓는 것처럼'이란 표현이 어울리게 비가 오고 있었다. 잠깐 문을 열어놨다고 차 안쪽에 있는 나에게도 물이 튈 정도였다.

석도민은 할 말이 더 남았는지 문을 닫지 않았다. 그리고 말 대신 손을 들어 엄지로 뒤를 가리켰다.

무슨 의미인지 단번에 눈치챘다. 전수현이 부른다는 소리였다.

영원한 비밀은 없는 법. 전수현과 개인적인 만남이 길어지면서 우리의 관계를 아는 사람이 하나씩 늘고 있었다.

석도민도 그중 하나였다.

"첫 방송 같이 보재."

가만히 있자 못 알아들었다고 생각했는지 말했다.

"안 된다고 해요."

"그렇게 전하면 분명 이유를 알아 오라고 할 거고 난 이 빗

속을 다시 걸어야 할 거다."

"형도 참, 그냥 이유를 말하라고 하면 되지. 애인이랑 첫 방송 보기로 했어."

"…네 애인이 너 이러고 다니는 거 아냐?"

"형만 조용히 있음 모를걸. 알면 형 탓."

"나도 얼른 네 애인한테 나불거리고 이 짓 때려치웠으면 좋겠다. 기다려. 금방 올게."

석도민은 힘껏 문을 닫았다.

"성질머리하곤. 그나저나 비 때문에 시간이 남는데 뭐 하지?"

집에 들어갔다가 다시 나오자니 귀찮았다.

"아! 성은이 걔가 오늘 무슨 행사라고 했었는데 거기나 갈까?"

창천화장품이 중국에 완전히 자리를 잡자 류성은은 중국에 머물 필요가 없었다. 그러나 한국에 머문다고 해서 한가해졌다는 것은 아니었다.

각종 행사와 새로운 사업을 벌이느라 여념이 없었다.

그에 간혹 그런 자리에 같이 참석해 달라는 부탁을 받곤 했는데 꼭 필요한 자리 말고는 무시하고 있었다.

회사 이름이나 할아버지, 혹은 아버지의 이름이 접두사처럼 붙는 이들을 소개받고 얘기하는 게 좋을 리가 없었다.

물론 그들의 대화를 알아들을 수가 없다는 것도 한몫했다.

금수저를 물고 나와 세상 쉽게 사는 건 같지만 그들도 그 자리를 지키기 위해 혹독한 수련 과정을 거친다. 그래서일까, 무지 똑똑하다.

삼사 개 국어는 기본적으로 하며 때론 한 사람은 영어로, 한 사람은 중국어로, 다른 한 사람은 프랑스어를 하는데도 대화가 되는 신기한 경험도 할 수 있었다. 유학한 곳이 다르고, 듣기는 되는데 말하는 게 부족해서 그렇다는 류성은의 설명이 없었다면 그 세 사람에게 한국어로 말하라고 쌍욕을 날릴 뻔했었다.

몇 개 국어를 할 수 있고 전문적인 지식들로 머릿속을 채우고 있는 그들이지만 부족한 것이 많았다.

일반인이 상식이라 하는 것들을 모르고, 워낙 어릴 때부터 시키는 대로 살아서인지 스스로 할 수 있는 것도 별로 없었는데 만일 그들에게 돈이 없다면 어리바리한 공부 잘하는 모범생 그 이상도 이하도 아니었다.

무엇보다도 놀라운 점은 그들의 상당수가 자신들을 서민들과 종(種)이 다른, 혹은 차원이 다른 세상의 산다고 생각했고 그게 그들의 상식이라는 것이었다.

"쯧! 오늘도 비슷한 자리 같은데……."

갈까 말까 고민하고 있는데 석도민이 문을 열고 들어왔다.

"젠장! 무슨 놈의 비가 이렇게 쏟아지냐. 비옷이 아무 소용이 없네."

전수현에게 말을 전하고 온 그는 나 칭찬해 달라는 아이처럼 큰 소리로 말하며 비옷을 벗었다.

고생한 사람이 원하는 말 한마디 해주는 게 뭐가 어렵겠는가.

"수고했어, 형. 선배님은 뭐래?"

"별말은 없었지만 얼굴 표정이 많이 안 좋더라. 그래서 후다닥 도망치듯이 왔다. 내가 죄를 지은 것도 아닌데 왜 그래야 하는 건지……."

"담당 배우의 죄는 매니저의 죄이기도 한 법이지."

"…어째 즐거움은 네 몫이고 죄는 내 몫이라는 말처럼 들린다?"

"말이 그렇게 되나? 하하하!"

"웃지 마라. 정든다."

"정이야 이미 들었잖아. 근데 갈 수 있겠어?"

"아까보다는 조금 약해져서 시야 확보엔 문제가 없어. 어디로 갈까?"

"음… 경기도 창천 CC."

결정을 내리지 못하고 있다가 석도민의 물음에 즉흥적으로 결정을 내렸다.

"두 시간쯤 걸리겠네. 혹시 모르니 안전벨트 제대로 하고 자라."

한 해 두 해 같이 지나면서 서로 격의가 없어져서인지 투덜대는 소리를 곧잘 했다. 그러나 할 일은 변함없이 확실히 했다.

그는 내가 안전벨트 매는 것까지 눈으로 직접 확인한 후에야 시동을 걸고 차를 출발시켰다.

컨트리클럽 입구에 '한 부모 가정, 미혼 부모 가정의 생활 안정과 자립을 위한 후원회'라 적힌 플래카드가 보이자 왜 여기로 왔을까 하는 후회가 밀려왔다.

그러나 차를 돌리라고 해야 하나 말아야 하나 고민을 하는 사이 차는 빠르게 클럽하우스 주차장으로 들어섰다.

"어떻게, 기다려?"

"어린애도 아닌데 그냥 가. 고생했어, 형. 내일 봐."

"성은 씨 아파트 앞으로 가면 되지?"

"응. 참! 형, 오늘 결혼기념일이지? 트렁크에 보면 형수 선물 하나 사놨으니 가져가. 내가 줬다고 하지 말고 형이 산 걸로 하고. 영수증은 쇼핑백 안에 있으니 눈치껏 하고, 덤으로 외식 상품권 몇 장 넣어놨으니 근사한 곳에 가서 식사해요."

"…알았냐? …고맙다."

얼굴을 맞대고 얘기해 봐야 받는 석도민도 주는 나도 어색할 것 같아서 차에서 내리면서 말했고 뒤를 향해 손을 흔들어주는 것으로 작별 인사를 했다.

후원회는 클럽하우스 뒤편에 있는 건물에서 진행되고 있었다.

"시간이 안 된다면서?"

현관을 들어서자 어떻게 알았는지 류성은이 기다리고 있었다.

"비가 많이 와서 촬영이 취소됐어. 이야! 근데 거추장스럽던 비가 여기서 보니 너무 좋다."

내리는 비에 더욱 짙어진 초록색의 넓은 잔디밭과 멀리 보이는 숲이 안구를 정화시켜 줬다.

"…위층에서 보면 더 좋아. 거기서 차라도 한잔 마실래?"

"후원회는?"

"장소 제공했고 후원금도 약속했고 난 할 것 다 했어. 조금 이따가 끝날 때 인사만 하면 돼."

"그래? 음, 후원금은 어디다 내는 건데?"

"저기."

후원회장 입구 앞에 접수대가 있었다.

"너도 하려고?"

"응. 여기까지 왔는데 그냥 갈 수야 없지."

접수대에 다가가 팸플릿을 들어 이번 후원회를 진행하는 단체에 대해 읽어보았다.

"안녕하세요. 저희 단체는 운영비를 최소화해서 최대한 도움이 필요한 분들에게 갈 수 있도록 하고 있습니다. 현재는 20퍼센트가 운영비로 지출되고 있는데 후원금이 많아지면 질수록 그 비율은 줄어드는 구조이고 홈페이지에 접속하시면 사용 내역을 백 원 단위까지 확인이 가능하십니다."

직원들 모두가 자원 봉사를 한다고 해도 운영비가 필요로 한 것이 봉사 활동이었다.

고로 팸플릿과 직원의 설명대로만 운영된다면 이곳은 손에 꼽히게 투명한 단체라고 할 만했다.

"여기 있는 분들이 도움이 필요한 분들입니까?"

사람들의 측은지심을 건드릴 수 있을 만큼 충분히 어려운 사람들이 단체의 모델이 되었는데 팸플릿에는 다섯 가족에 대해 나와 있었다.

"예. 당장 절실한 도움이 필요한 분들이세요. 이외에도 많이 계시지만 현재 이분들이 가장 급하다고 보시면 됩니다."

"그렇군요. 지정하는 사람을 도울 수도 있습니까?"

눈에 보인다고 더 어렵고 보이지 않는다고 덜 어렵지는 않겠지만 예전에 에너지를 얻을 때의 습관 때문인지 아무래도 누군가를 꼭 지정해서 돕는 것이 좋았다.

"그럼요. 한 계좌 이만 원부터 후원하실 수 있으세요. 그게 귀찮거나 힘드시면 성의껏 내시는 것도 가능하시고요."

"영수증 처리는 됩니까?"

"물론이죠. 법정 기부금 단체에 속해 소득공제 혜택을 받으실 수 있으세요."

"그럼 여기 있는 다섯 사람에게 각 1억씩 하고 5억은 단체에 하는 걸로 하겠습니다."

"네……?! 아, 네네! 모두 10억을 하신다는 거죠?"

"예. 입금은……."

"일단 이 서류에 방금 말하신 것을 작성해 주시고 일주일 내로 천천히 해주셔도 돼요. 또한… 마음이 안 바뀌셨으면 하는데 혹 바뀌게 된다면 전화라도 해주시면 감사하겠습니다."

"바뀔 일 없을 겁니다. 아니, 성은이가 후원회를 열어줄 정도로 확실한 곳이니 지금 입금시켜 드리죠."

스마트뱅킹 이체는 5억이 한도였다. 그래서 허진경에게 전화를 걸어 추가로 5억을 이체시켰다.

"돈 못 써서 죽은 귀신이라도 붙은 거니?"

감사하다고 인사를 하는 봉사 단체 직원들을 뒤로하고 류성은을 따라 엘리베이터에 오르자 그녀는 커피를 주며 말했다.

귀신과 비슷한 존재고 남의 마음을 읽는 그녀였기에 순간 찔끔했다.

"…무슨 말이야?"

"작년에 국민희망재단 설립하느라 많은 돈을 쓴 걸로 알고 있는데 기부를 10억이나 해서 하는 말이야."

"난 또 무슨 말이라고. 써도 그만큼 벌잖아? 너한테 투자했던 돈은 벌써 4배가 올랐고 10퍼센트 빼고 희망재단에 넘기긴 했지만 신선제약 주식도 있고. 게다가 연기 생활 하면서 과분하게 돈을 벌고. 죽을 때까지 펑펑 써도 아마 다 쓰지 못할걸."

"하긴. 하지만 남겨질 사람들을 위해 남겨두는 것도 좋지 않아?"

"글쎄? 이 땅에 남겨질 사람이 내 핏줄만 남겨지는 건 아니잖아. 물론 내 핏줄이 있다면 어느 정도는 남겨두겠지만 아직까진 없으니 그것까지 걱정할 필요는 없지 않겠어?"

류성은은 묘한 표정으로 날 보며 말을 잇지 못했다.

"우와!"

엘리베이터 문이 열리자 전면 통유리로 비 오는 컨트리클럽 전경이 한눈에 들어왔다.

"괜찮지?"

"괜찮은 정도가 아닌데?"

내 소유 빌딩도 맨 위층과 옥상을 이용해 제법 꾸며놨다고 생각했는데 과장을 좀 보태 이곳에 비하면 다세대주택 옥탑방 수준이었다.

물론 압도적인 건 창밖으로 보이는 풍경일 것이다.

"이왕 마실 거면 빗소리를 들으면서 테라스에서 마시자."

"그래."

테라스로 나가 의자에 앉자 분위기는 더욱 좋았다.

"매일 아침 이곳에서 커피를 마시고 싶다."

"…원한다면 한동안 지내도 괜찮아. 이곳을 상속받고 막상 이렇게 만들어놨는데 보고받을 때 와서 잠깐 들러 커피를 마시는 걸 빼곤 써본 적이 없었거든."

짐짓 풍경을 보는 척하고 있었지만 류성은이 말을 하면서 연신 나를 흘낏거리며 바라보고 있음을 알 수 있었다.

마음껏 쓰라는 말에 오히려 부담스러워져 거절할까 했지만 내 전술은 그녀의 마음이 계속 나를 향하게 하면서 결코 자지 않는 것.

"그래도 된다면 이번 촬영 끝나고 한 이 주일만 사용해도 될까? 정연이랑 휴가 겸 지내면 좋을 것 같은데."

"무… 물론이야. 한데 대신이라고 하긴 좀 그렇지만 부탁 하나만 해도 될까?"

밀었으니 이번엔 당겨야 할 차례.

"이런 곳을 빌려주는데 거절하는 건 예의가 아니지. 말해."

"한 달 후에 가면파티가 있는데 꼭 같이 참여해 줬으면 해."

"웬 가면파티?"

"상위 0.01퍼센트에 속한다는 자부심을 가진 이들이 2년마다 하는 파티야. 난 지금까지 한 번도 참석할 수 없었는데 이번에 애인과 함께 오라는 초청장이 왔어. 사실 별로 참석하고픈 마음은 없는데 정연이 말로는 인맥을 위해서라도 반드시 참석하는 게 좋다고 해서."

"정연이랑 말이 된 거야?"

"정연이도 참석할 거야."

"알았어. 정확한 날짜를 말해주면 촬영을 빼서라도 참석할게."

그냥 지금까지와 마찬가지로 연인 연극이 필요한 지루한 파티라고 생각하고 허락을 했다. 그러나 이 일이 내가 이제껏 이해하지 못하고 있던 과거의 내가 한 말을 이해하게 되는 계기가 됨을 이때까진 몰랐다.

제3장

스토커

지금까지 광고를 찍고 드라마에 나왔지만 반짝 스타라는 타이틀이 더 잘 어울리는 나였다. 몇 년간 브라운관과 스크린을 누비다 어느 날 갑자기 사라지는 그런 스타 말이다.

물론 이민기 사장이나 석도민은 나를 라이징 스타라고 말했다. 그러나 말이 좋아 라이징 스타지 내가 말한 바와 다르지 않았다.

방귀가 심해지면 똥을 싼다고 각종 구설수와 틈틈이 출연한 드라마로 인기를 유지하고 있던 내가 전수현과 함께 찍은 드라마가 방영이 되고 3주 만에 마침내 똥을 쌌… 아니, 잭팟을 터뜨렸다.

단지 영화나 드라마에 출연하는 것만으로도 온갖 매체들이 알아서 홍보를 해주고 한번 움직일 때마다 수억 원에서 많게는 수십억을 벌어들이는 그야말로 스타 중의 스타, 스타들이 부러워하는 스타, 슈퍼스타가 되었다.

"꺄아아아아악! 찬이 오~~~ 빠! 날 봐요!"

"컷! 컷컷컷! 퍽(Fuck)! 제발 저 사람들 어떻게 좀 해봐, 응?"

40대로 보이는 여자의 귀를 찢을 듯한 고음에 강윤호 PD는 신경질적으로 외쳤다.

그도 그럴 것이 오늘 촬영 내내 급작스럽게 불어난 내 팬들로 인해 촬영이 지연되고 있었다.

아무리 연출팀에서 부탁을 하고 촬영 라인을 뒤로 물려봐도 잠시뿐이었다.

"축하해. 드라마가 끝나고 한참 동안 외출도 못 할 만큼 극성팬들이 따라다닐 거야."

촬영 소품인 빙수가 다시 준비될 짧은 틈에 전수현이 말했다.

"화장실까지 따라오진 못하겠죠?"

"아니. 어쩌면 오늘 밤 네 집 침대 위에 야한 속옷을 입고 기다리는 사람이 있을지도 몰라."

"미인이었으면 좋겠네요."

"농담이 아냐. 팬들이 모두 정상일 거라는 생각은 하지 않는 게 좋아. 아마 지금쯤 자신을 너의 애인 혹은 와이프로 생각하는 사람이 수백 명쯤 될 테고 그들 중 일부는 많은 돈과 뛰어난 두뇌, 대담한 행동력을 갖추고 있을 거야."

전수현의 표정이 심각한 것이 결코 소문으로만 듣고 하는 말 같지는 않았다.

난 막연히 TV에서 들은 정도라 생각해 대수롭지 않게 생각했는데 잘못 생각한 모양이었다.

"그 정도예요?"

"겪을 일이니 말해둘게. 절대 혼자 다니지 말고 같이 다녀. 그리고 그런 사람을 보면 절대 친근하게 대하지 마. 간혹 무기를 들고 있다가 해코지를 하려는 이들도 있으니까."

내가 어떤 인간이라는 걸 안다면 이런 소리는 안 했을 거다.

"조심할게요."

"그나저나 좋은 시절은 다 갔네. 잠잠해지면 그때 다시 만나줄 거지?"

전수현은 살짝 고개를 숙이며 낮은 목소리로 중얼거렸다.

"약혼이나 결혼을 하지 않았다면요."

아니면 살아 있다면요.

뒷말은 삼켰다.

"안 했으면 좋겠네. 아무튼 이대로 촬영하다가는 밤새 한 컷도 제대로 못 찍겠다. 팬들에게 가서 제발 좀 조용히 있어달라고 부탁해 봐. 아마 네 말이라면 들어줄 거야."

"…무기를 가지고 있어 위험할지도 모른다면서요? 그런데 저들한테 가라고요?"

"촬영은 끝내야 할 거 아냐. 그런 사람들은 사람이 많을 땐 쥐 죽은 듯이 조용히 있으니 걱정 마."

"네네~ 그러죠."

드라마가 인기를 끌면서 촬영장 분위기는 좋았다. 웬만하면 오케이 사인이 떨어져서 여유가 있었다.

그에 강윤호 PD는 다음 주에 있을 가면파티에 참석할 수 있게 흔쾌히 하루를 빼주었다. 한데 계속 이랬다간 번복할지도 몰랐다.

"안녕……."

"꺄아아아아아아악!!!"

대열이 당장에라도 무너질 것 같았기에 손을 들어 진정하라는 제스처를 취했다.

쓸데없는 짓을 해서 촬영에 더 방해가 되는 건 아닌가 싶어 조마조마했는데 거짓말처럼 조용해졌다.

'휴우~ 스타라고 마냥 좋은 것은 아니네.'

안도의 한숨을 내쉬고 입을 열었다.

"안녕하세요. 무찬 역을 맡고 있는 배우 김철입니다."

다시 고음의 비명 소리가 들렸지만 다행히 말과 말 사이의 추임새 같은 것이었다.

"저희 드라마를 사랑해 주셔서 감사합니다. 또한 우연히, 혹은 일부러 시간을 내서 이렇게 찾아와 줘서 고맙습니다. 한데 촬영을 할 때 소리가 들어가면 다시 찍을 수밖에 없습니다.

그리고 계속 그런 상황이 발생한다면 스튜디오 촬영밖에 할 수 없어서 볼거리를 보여 드릴 수 없을지도 모릅니다. 최악의 경우 결방이 될지도……."

"아악! 그건 안 돼요!"

교복을 입은 여고생이 세상이 무너진 듯한 표정으로 외쳤다.

"하하! 최악의 경우니까 너무 걱정 말아요. 아무튼 부디 촬영할 때만이라도 조용히 해주시면 고맙겠습니다."

다소 장황하게 설명을 했다. 다행히 여고생의 고함이 결방은 안 된다는 분위기로 전환시켰는지 다들 고개를 끄덕이며 수긍했다.

"아! 그리고 저기 커피차에 말해놓을 테니 아이스커피 한 잔씩 하면서 구경하세요. 제가 쏩니다."

고개를 숙이는 대신 웃는 얼굴로 사람들에게 손을 흔들어주며 촬영장으로 돌아갔다. 그리고 다행히 조용한 분위기에서 촬영을 끝낼 수 있었다.

*   *   *

"내가 당신을 지켜주겠습니다. 무슨 일이 있든, 어디에 있든!"

무찬 역을 맡고 있는 김철의 얼굴이 클로즈업되며 OST가

흘러나오려는 찰나, 화면이 멈췄다.

"…지켜준다고……."

100인치짜리 TV 앞 소파에 눕다시피 앉아 있던 여자는 한참 화면 속 김철을 바라보며 중얼거렸다.

"내가 당신을……."

잠시 후 리모컨을 이용해 영상을 앞으로 돌렸다. 그리고 또다시 김철이 강한 어조로 지켜주겠다고 말하는 장면을 돌려봤다.

다시 조금 전 멈췄던 장면에서 영상이 멈췄다.

"…지켜줘, 철아."

말이 조금 달라지긴 했지만 행동은 마치 로봇이라도 되는 듯 반복적으로 행하고 있었다.

수십 번? 수백 번?

여자는 소파 옆에 둔 스마트폰이 울릴 때까지 같은 행동을 반복했다.

"……."

여자는 화면에서 눈을 떼지 않은 채 통화 버튼을 누른 후 귀에 갖다 댔다.

상대는 여자가 아무 말을 하지 않았지만 상관없다는 듯 말을 했다.

―같이 지내는 두 사람이 나흘 예정으로 방금 중국으로 떠났습니다. 김철 씨는 일산 스튜디오에 있는데 12시쯤 촬영이 끝나고 간단히 술을 마실 것으로 예상되고 있습니다. 이상……

툭!

여자는 남자의 말이 끝나기도 전에 전화를 끊고 스마트폰을 소파 한쪽으로 던졌다.

"…방해꾼들이 사라졌다고?"

엄지손톱을 물어뜯던 그녀는 붙박이가 아닌가 싶었던 소파에서 벌떡 일어났다.

서둘러 화장실로 달려간 그녀는 간단히 몸단장을 한 후에 가방을 들고 밖으로 나갔다.

"혜린아, 어디 나가려고?"

거실에 아무도 없음을 확인하고 이 층에서 내려오던 혜린은 부엌에서 물을 마시던 엄마의 말에 눈동자가 마구 흔들렸다.

그러나 곧 침착하게 대답했다.

"…네. 친구들과 만나기로 했어요. 좀 늦을 거예요. 기다리지 마세요."

혜린의 말에 이번엔 그녀의 엄마, 송은실의 눈빛이 흔들렸다. 단번에 거짓말을 하고 있음을 눈치챘기 때문이었다.

이십여 일, 방에서 움직이지 않고 있던 그녀가 뜬금없이 밖으로 나와 친구를 만나러 간다는 것은 차치하고 푹 눌러쓴 모자 사이로 오랫동안 씻지 않아 머릿기름에 떡진 머리, 여름이 가까워져 더운 날씨임에도 초겨울에 입는 황토색 점퍼와 헐렁한 황토색 바지, 마지막으로 등에 멘 백팩이 어디로 가는지 짐작하게 만들었다.

'휴우~ 이번엔 누굴 스토킹하려는지······.'

절로 나오려는 한숨을 속으로 삼킨 송은실은 자신의 눈치를 보는 이혜린을 바라보다 와락 쏟아지려는 눈물을 감추기 위해 들고 있던 물을 마셨다.

이혜린은 어린 나이에도 불구하고 누구나 얼굴을 못 뗄 정도로 예뻤고 16살에 고등학교 과정을 모두 마치고 17살 때 우리나라 최고의 대학에 수석으로 입학할 만큼 천재적인 아이였다.

그 사건이 일어나기 전까지 말이다.

모든 것을 가진 이혜린을 하늘이 시샘한 것인지 사건이 발생했던 날 몇 가지 불운이 한꺼번에 찾아왔다.

그녀를 등하교시키던 차의 타이어가 펑크가 나 잠깐 수리센터로 갔고 20분 일찍 수업을 끝낸 이혜린이 차를 찾기 위해 나왔을 때 경호원들은 커피를 마시러 자리를 비운 상태였다.

게다가 같은 종류의 차가 하필이면 같은 주차 구역에 주차되어 있었다.

이혜린은 아무런 의심 없이 차에 올랐고 그 차엔 개차반으로 놀던 놈들이 타고 있었다.

늑대 소굴로 들어간 여리고 예쁜 양이 어떻게 되었을지는 빤했다. 경호원들이 알아채고 그녀를 찾았을 땐 이미 엉망진 창이 된 후였다.

사건 이후로 범인 한 명 한 명을 찾아내 가장 비참하다고 생각되게 죽이는 것으로도 부족해 그런 인간을 만들어낸 그 들의 가족들도 거지꼴로 살아가도록 만들었지만 그녀가 예전 의 이혜린으로 돌아오는 건 불가능했다.

"⋯엄마? ⋯엄마?"

송은실은 이혜린의 부름에 제정신을 차렸다. 그리고 눈물 가득한 눈을 숨기려고 눈을 마주치지 않고 말을 쏟아냈다.

"으, 응? 그, 그래. 조심해서 잘 다녀오렴. 용돈은 있니? 없으 면 엄마가 줄까?"

"⋯있어요. 다녀올게요."

이혜린이 현관문을 나서는 걸 확인한 후에야 송은실은 눈 물을 쏟으며 소파에 주저앉았다.

사건 이후로 이혜린은 3년을 넘게 방에서 두문분출했다. 그 리고 3년 만에 밖에 바람을 쐬러 나간다며 나왔을 때 오늘과 비슷한 모습이다.

비로소 제정신을 차렸다고 기뻐하는 것도 잠시, 이번엔 짧 게는 6개월에 한 번씩 유명 배우를 스토킹한 혐의로 경찰서에 잡혀 있다는 연락을 받아야 했다.

'부디 이번에도 아무 탈 없이 해결이 돼야 할 텐데.'

사람을 붙여뒀지만 일이 커지기 전에 나설 수도 없었다.

송은실이 눈물을 흘리며 걱정하는 동안 이혜린은 택시를 타고 김철의 집으로 향했다.

그녀가 택시에서 내려 잠깐 기다리자 한 사내가 빠르게 다가와 그녀에게 작은 손가방 하나를 내밀며 속삭이듯 말했다.

"파란색 카드는 입구 통과 카드이고 두 번째 검은색 카드는 엘리베이터, 세 번째 구두주걱처럼 생긴 것이 현관문 키입니다. 다른 것은 신분증과 신문사 사원증인데 미리 전화를 해서 약속을 해뒀으니 대기실로 안내해 줄 겁니다. 대기실에 계시다 신호를 받으면 나와 왼쪽으로 가면 있는 엘리베이터를 타시면 됩니다."

사내와 헤어진 이혜린은 손가방에서 신문사 사원증을 꺼내 목에 걸고 빌딩 안으로 들어갔다. 그리고 파란색 카드를 꺼내 입구를 통과했다.

"어떻게 오셨습니까?"

"…김철 씨와 인터뷰 약속이 있어서 왔어요."

"신분증을 확인해도 되겠습니까?"

경호원은 눈을 좁히며 아래위로 훑어봤지만 이혜린은 개의치 않고 신분증을 건넸다.

"조도은 씨군요. 신문사에서 연락받았습니다. 일단 검색대를 통과해 주시죠."

딱히 위험한 물건을 가지고 다니는 건 아니었기에 손쉽게 검색대를 통과할 수 있었다. 그리고 대기실로 안내를 받았다.

잠깐 기다리자 스마트폰이 울렸다.

그녀는 바로 대기실 문을 열고 나와 김철의 집으로 가는 엘리베이터에 올랐다.

"…그이는 생각보다 단출하게 사네."

집 안으로 들어온 이혜린은 가방을 소파에 던져놓고 마치 자신의 방이라도 되는 듯 돌아다녔다.

"…가면파티에도 초대를 받은 모양이네."

김철 방을 살펴보던 그녀는 침대 협탁 위에 놓인 초대장을 보고 중얼거렸다. 그러나 곧 돌아섰다.

집 안 전체를 꼼꼼히 살핀 그녀는 드레스룸에 가서 김철의 옷을 입어보기도 하고 침대에 누워서 그의 체취를 맡아보기도 하다가 어느 순간 시계를 바라보고는 벌떡 일어나 옷을 홀홀 벗었다.

"…그이 올 시간이 다 돼가네. 오기 전에 깨끗이 씻고 기다려야겠다."

콧노래를 부르며 20분에 걸쳐 샤워를 마친 이혜린은 샤워수건 하나를 걸친 채 밖으로 나왔다. 그러곤 침대가 젖든 말든 다시 침대에 납작 엎드려 김철의 체취를 느끼려 노력했다.

"지켜줄 거지? 다른 놈들처럼 내쫓진 않을 거지? 난 당신을 믿어."

묘한 광기를 보이며 중얼거리던 이혜린은 오랜만에 샤워를
한 개운함 때문인지 눈꺼풀이 무거워짐을 느꼈고 곧 눈을 감
았다.

그리고 가볍게 코를 골며 잠이 들었다.

*   *   *

촬영장에서부터 쫓아오는 극성팬들과 건물 앞에서 기다리
는 극성팬들을 일일이 상대해 주는 것이 불가능하다는 걸 깨
닫기까지 그리 오래 걸리지 않았다.

처음엔 인사도 하고, 사인도 해주고, 좋은 말로 타일러 집으
로 보내기도 했지만 이젠 여느 연예인처럼 간단한 인사만 하
고 몸을 피했다.

"1시 넘어서도 밖에서 대기하는 학생들 있으면 로비에서 쉬
라고 권해보세요. 제가 그랬다 하지 말고요."

"알겠습니다. 참! 대기실에 기자가 몇 시간 전부터 인터뷰를
한다고 기다리고 있습니다."

"예에? 이 시간에 인터뷰를 한다고요?"

"모르는 일이십니까?"

"네, 일단 가보죠."

대기실로 갔지만 아무도 없었다.

"어? 이럴 리가 없는데. 1시간 전까지만 하더라도 분명 이곳

에⋯⋯."

"지금 12시가 넘었는데 있는 게 이상하죠. 필요하면 다시 오겠죠. 수고들 해요."

경호팀을 뒤로하고 엘리베이터에 올랐다.

"쯧! 정신을 어다다 두고 다니는 건지."

문을 열고 들어가자 온 집 안의 불이 다 켜져 있었다. 거기에 가방까지 놓고 중국에 간 모양이었다.

"휴우~ 얼른 샤워하고 시원한 캔 맥주나⋯⋯!"

방문을 여는 순간 깜짝 놀랐다.

여기저기 아무렇게나 흐트러져 있는 옷가지는 그저 그랬지만 샤워 수건을 걸친 채 침대 위에 누워 있는 여자가 있었다.

'나 참! 쓸데없는 바람은 잘도 이루어진다니까.'

전수현에게 집에 낯선 여자가 들어올지도 모른다는 얘기를 들었을 때 정말 그랬으면 얼마나 재미있을까 생각했었는데 떡하니 이루어진 것이다.

'다행히 내 스타일은 아니네.'

놀라긴 했지만 무섭다는 생각은 없었다. 그래서 찬찬히 자고 있는 여자를 살펴보았다.

햇빛이라고는 단 한 번도 보지 못한 듯한 하얀색 피부와 샤워 수건으로 다 가려지지 않는 풍만한(?) 살들.

뚱뚱하다고 싫어하진 않지만 운동이라곤 해본 적이 없는 듯한 물렁살은 결코 좋아하지 않았다.

'전화기가……'

경찰에 신고할까 하다가 잠에서 깨어나 행패를 부리지는 않고 있었기에 좋게 해결하고 싶었다.

흐트러져 있는 옷가지에서 전화기를 찾은 난 조용히 문을 닫고 거실 소파로 갔다.

"다행히 비밀번호도 패턴도 없네."

내가 쓰는 것과 같은 회사 제품이라 빠르게 주소록으로 들어갔다.

아빠, 엄마, 장 변호사, 그리고 20번까지 숫자로 지정된 번호가 다였다.

"이 아가씨도 세상 참 재미없게 사는군."

내가 선택한 것은 엄마였다.

―응, 혜린아? 무슨 일 있는 거니?

새벽 한 시가 다 된 시간인데 신호가 가자마자 받은 것이나 잔뜩 걱정한 목소리로 말하는 것이 딸의 상태를 잘 알고 있는 모양이었다.

"저……."

―당신 누구예요! 누군데 우리 애 전화를 가지고 있는 거죠? 혹시 그 애한테 무슨 일이 있는 건가요? 만일… 경고하는데 허튼짓 할 생각이라면 그만둬요.

한마디 떨어지기 무섭게 부탁과 협박을 오가는 말이 쏟아졌다.

황당하긴 했지만 딸을 걱정하는 어머니를 놀라게 만들고픈 생각은 없었다.

"따님에게 무슨 일이 생긴 것도, 허튼짓을 할 생각도 없습니다. 다만 따님이 지금 제 집에 무단 침입을 해서 경찰에 전화를 할까 하다가 조용히 해결하고 싶은 마음에 아주머니께 전화를 드린 겁니다."

―…거, 거기가 어디죠? 다, 당장 사람을 보낼게요. 아, 아니, 제가 갈게요.

난 주소를 불러줬다.

―20분… 아니, 15분이면 도착할 거예요. 정말 미안한데 그 애가 어떤 말을 하든지 말상대해 주면서 기다려 주시겠어요? 이번 일에 대한 보답은 반드시 할게요.

"보답은 됐고 조금만 서둘러 주세요. 가급적 자고 있을 때 아주머니께서 와주셨으면 합니다."

―알았어요.

쓸데없는 바람은 잘도 이루어지는 대신에 진정 바라는 것은 언제나 반대로 이루어지게 마련인 건지 빌딩 경호팀에게 손님이 올 것이니 올려 보내라고 전화를 한 후 5분도 되지 않아 내 방문이 열리며 혜린이라는 아가씨가 나왔다.

그녀는 정말 애인이라도 되는 듯 환한 웃음을 지으며 말했다.

"…자기 왔어?"

아! 빌어먹을. 눈 둘 곳이 마땅치 않았다. 왜 하필 거실을 낮게 만들어뒀던가.

"왜? 내가 여기 있는 게 이상해?"

그녀의 표정이 순간적으로 싸늘하게 굳었다. 지금 발작하면 좋을 게 없을 것 같아 나는 일단 보조를 맞추기로 했다.

"아니. 옷을 좀 입든가 아님 거기서 내려와 주라. 다 보인다."

"…피~ 엉큼하긴. 네 옷 입어도 돼?"

"마음껏. 내가 꺼내줄게."

"아냐. 어디 있는지 알아."

그녀는 다시 내 방으로 들어가더니 금세 옷을 입고 나왔다.

한데 어쩌면 방금 전에 걸치고 있던 수건이 더 낫지 않았나 싶을 정도로 단출하게 입고 나왔다.

'휴우~ 이번엔 가슴이 다 보이거든!'

내 팬티와 속이 훤히 보이는 얇은 그물 형태의 민소매를 티를 입고 있었다.

내일 당장 속이 비치는 옷은 다 버려야겠다는 생각을 하며 입을 열었다.

"한데 어떻게 들어온 거야? 내가 집 열쇠를 준 기억이 없는 것 같은데?"

"깜짝 놀라게 해줄 생각으로 돈 좀 썼어."

"…하하. 그랬구나. 깜짝 놀라긴 했다. 한데 이름이 혜린이라고?"

"응, 이혜린."

"몇 살?"

"사주궁합도 볼 필요 없다는 네 살 차이."

사주궁합을 볼 필요 없는 건 세 살 차이 아닌가?

의문을 표하려다 입을 닫았다. 그리고 문득 이혜린이 얼마나 착각을 하고 있는지 알고 싶어졌다.

"근데 우리가 언제부터 사귄 거야?"

"한 달 전부터."

드라마가 시작된 시점이었다.

이외에도 여러 가지를 물어보았다. 그리고 이혜린이 드라마 속 여주인공과 자신을 동일시한다는 걸 알았다. 물론 완벽하게 동일시하는 것은 아니었다.

현실과 드라마 사이를 오간다고나 할까.

아무튼 조곤조곤 얘기한 덕분에 시간은 빠르게 흐르고 있었다.

"하나만 더 물을게. 왜 나를 좋아하는 건데?"

"네가 날 지켜준다고 했잖아. 무슨 일이 있든 어디에 있든."

"그랬었나?"

"분명 그랬어! 몇 시간 전에도 그렇게 말했는데 기억이 안 나? 나에게 하루에 수백 번에서 수천 번 속삭이는 말인데 기억이 안 나?"

살짝 광기에 젖어 외치는 그녀의 모습이 왠지 짠했다. 에너지만 넉넉했더라면 왜 이렇게 되었는지 기억을 들여다보고 싶을 만큼이나.

딩동! 딩동!

현관 벨소리에 고민에서 벗어날 수 있었다.

"잠깐, 누가 왔나 보다."

"이 시간에 나 말고 찾아올 애인이 있는 거야? 열지 마! 열지 말라고!"

이혜린은 나를 붙잡으려 달려들었지만 이미 현관문을 연 후였다.

"혜, 혜린아!"

"…어, 엄마? 엄마가 여길 어떻게……?"

"내가 불렀어. 엄마 앞에서 이런 복장이면 곤란하지 않겠어? 잠깐 기다려. 옷 갖다 줄게."

자신의 어머니를 보고 이혜린이 머뭇거리는 사이에 난 긴 외투를 챙겨 와 그녀에게 덮어주었다.

이혜린의 어머니는 혼자 온 것이 아니라 네 명의 여자 경호원과 변호사처럼 보이는 장년의 사내와 함께였고 빌딩 경호팀도 뒤에서 상황을 지켜보고 있었다.

"혜린아, 드라마는 드라마일 뿐이라고 엄마가 몇 번이나 말했잖아. 이만 집으로 가자, 응?"

"……."

발작이라도 할 줄 알았는데 이혜린은 의외로 순순히 고개를 끄덕였다.

다행히 그녀의 어머니는 현실과 드라마 사이를 오가는 이혜린의 정신세계를 현실에 강하게 붙드는 존재인 모양이었다.

"김철 씨죠? 미안하면서도 고마워요."

이혜린을 보호하듯 끌어안은 이혜린의 어머니는 신색을 바로 하며 말했다.

"아닙니다. 다행히 아무 탈 없이 끝나서 다행입니다."

"오늘은 늦었으니 이만 갈게요. 하지만 오늘 일에 대해 꼭 감사를 표하고 싶네요."

"무언가를 바라고 한 일은 아니니 괘념치 마십시오."

사실 내가 바라는 건 얼른 샤워를 하고 맥주를 마시고 싶은 생각뿐이었다.

"잘 가요. 부디 건강해지길 바랄게요. 그리고 방 안에만 너무 있지 말고 운동 좀 해요."

엘리베이터에 오를 때까지 몇 번이고 뒤돌아보는 이혜린에게도 웃으며 한마디 해주었다.

"……"

이혜린은 엘리베이터 문이 닫힐 때까지 눈빛으로 뭔가를 말하는 듯했다. 그러나 처음 보는 여자의 눈빛을 읽을 능력은 없었다.

엘리베이터는 내려갔지만 변호사로 보이는 장년의 사내는 남아 있었다.

그가 왜 남아 있는지 알 것 같았다.

"뒤처리를 위해 남으셨나 보군요? 말씀하세요."

내말에 그는 명함을 내밀며 말했다.

역시 변호사였다.

"침착하고 현명한 대처에 먼저 감사합니다."

"오늘 일이 알려질 것이 걱정돼서 남은 것이라면 걱정 마세요. 귀찮은 일은 질색이라."

"일처리를 보고 그럴 거라 생각했습니다. 얘기가 통하는 분 같으니 단도직입적으로 말하죠. 이 집에 CCTV가 있는 것 같은데 맞습니까?"

"네."

"그 영상을 제가 가져가고 싶습니다. 물론 공짜로 달라는 건 아닙니다."

"미안합니다. 기록된 것을 배포할 생각은 추호도 없지만 그렇다고 순순히 내드릴 수는 없겠네요. 변호사님도 문제가 발생했을 때를 대비하려는 것처럼 저 역시 마찬가지입니다."

세상일이란 어떻게 될지 알 수 없었다. 이혜린이 내일 날 강간 혐의로 신고할 수도 있는 일이었다.

"타당한 이유군요. 그럼 어떤 영상이 찍혔는지 확인만 할 수 있겠습니까?"

변호사는 처음부터 이걸 노리고 한 말인지도 몰랐다.

이마저도 거절하면 더 귀찮을 것 같았기에 거실 한쪽의

CCTV 화면을 볼 수 있는 곳으로 안내했다.

"확인해 보세요. 그동안 혜린 씨 물건을 챙겨 드리죠."

삭제하려면 비밀번호를 넣어야 했기에 안심하고 보여줬다.

그녀의 옷가지와 가방, 그리고 스마트폰을 챙겨서 나오자 확인을 끝냈는지 변호사는 현관 쪽에 서 있었다.

"확인하셨습니까?"

"별것 없더군요. 한데 김철 씨의 방엔 CCTV가 없습니까?"

직업상 하는 질문이라는 걸 알면서도 계속된 물음에 짜증이 났다. 그래서 퉁명스럽게 말했다.

"변호사님 같으면 자신의 방에 CCTV를 설치해서 스스로를 감시하고 싶습니까?"

"이런! 더 머물다간 은혜를 원수로 갚는 격이 되겠군요."

"그걸 아신다면 이만 챙겨서 가주십시오."

"그러나 혜린 양의 집안에 대해 알게 된다면 제가 이러는 게 이해될 겁니다."

"막말로 내가 내 집에 무단으로 침입한 사람의 집안까지 알아야 합니까? 그리고 변호사님 마음까지 이해해야 합니까? 딱히 알고 싶지도 이해하고 싶지도 않습니다. 지금 제게 필요한 건 그저 휴식입니다."

더 이상 참지 못하고 축객령을 내렸다.

"…죄송합니다. 그럼 김철 씨를 믿고 이만 가보겠습니다. 오늘 일에 대한 보상은……."

"휴우~ 아까도 말했듯이 보상은 필요 없습니다. 보상 대신에 더 이상 오늘과 같은 일이 발생하지 않게 해주셨으면 하는 게 바람입니다. 안녕히 가십시오."

현관문을 열어줬고 변호사는 이혜린의 물건을 챙긴 후 인사를 하고 나갔다.

"젠장! 벌써 두 시가 다 되어가네."

새벽 다섯 시에 다시 촬영을 위해 나가봐야 했기에 서둘러 옷을 벗어 던지고 샤워실로 향했다.

김철이 샤워를 하는 시각, 송은실과 이혜린은 집에 도착했다.

송은실은 스토킹을 멈추라고, 제발 정신 좀 차리라고 소리치고 싶었지만 이혜린의 상태를 알고 있었기에 안으로 삼켜야 했다.

그녀가 김철이 자신이 바라던 사람이 아니라는 걸 깨닫기 전까지―대체로 경찰서에 가서 큰 소란이 난 후에야 깨달았다―어쩔 수 없는 일이었다.

"…밥은 먹었니?"

"안 먹을 거예요."

"그래, 빵이라도 챙겨… 응? 안 먹는다고?"

사건 이후 많은 증상이 나타났지만 가장 대표적인 게 착각에 의한 스토킹과 폭식이었다. 한데 안 먹는다니 송은실은 놀랄 수밖에 없었다.

"네. 그이가 운동을 하라고 했거든요."

"…그렇구나."

순간 정신을 차렸나 싶었는데 이어진 이혜린의 말에 결코 좋은 현상이 아님을 알 수 있었다.

김철의 친절함이 이혜린에게 또 다른 독이 될지도 모른다는 생각에 걱정스러웠다.

"…엄마."

2층으로 올라가던 이혜린의 부름에 정신을 차렸다.

"응? 생각이 바뀌었니? 뭐라도 줘?"

"아뇨. 나 가면파티에 참석하고 싶어요."

"가면파티?"

"사촌 오빠와 언니들이 2년마다 참석했다는 가면파티 말이에요. 가능할까요?"

"무, 물론이지. 엄마가 내일 알아볼게."

"부탁드려요."

스토킹을 할 때를 제외하곤 외출도 하지 않는 이혜린이 갑작스레 가면파티에 참석한다는 말에 송은실은 너무 놀라 입을 다물지 못했다.

정신을 차리고 이유를 물어보려 했지만 이혜린은 이미 2층으로 올라간 후였다.

*   *   *

소속 연예인들이 늘어나면서 KC엔터테인먼트는 기존의 건물을 연습생을 위한 연습실로 개조하고 새로운 7층 건물로 이전을 했다.

"쩝! 건물 외벽에 굳이 저렇게 얼굴을 크게 박아놓을 필요가 있어?"

건물 전면에 소속 연예인들의 대형 포스터가 붙어 있었는데 내 사진이 유독 크게 보였다.

"지민이와 함께 우리 회사 대표 연예인이잖아. 왜, 마음에 안 들어?"

요즘 인기로 따진다면 맞는 말이었지만 마치 초상화처럼 느껴져 달갑지 않았다.

"마음에 안 들면 내려준대?"

"매니저가 무슨 힘이 있냐? 그냥 이민기 사장한테 말이나 해보는 거지."

"행여나 그 인간이 내려주겠다. 들어가요, 형. 얼른 끝내고 또 촬영장으로 가야지."

이민기 사장의 호출이 있었다.

무시할 수도 있었지만 내가 임명한 사장의 명령을 내가 무시한다면 그의 권위에 금이 가게 하는 행위일 것이다.

"어서 와라. 바쁜데 오라 가라 해서 미안하다. 내가 직접 갔어야 했는데 이사한 지 얼마 되지 않아 할 일이 많아 어쩔 수 없이 불렀다."

안으로 들어가자 이민기 사장은 평소와 달리 당장에라도 손을 비빌 듯이 아양을 떨었다.

"…뭐 잘못 먹었어요?"

"아니. 대스타에게 그에 걸맞은 대우를 해주는 게 이상해?"

"네, 이상해요."

"역시 의리 있는 남자야. 대스타가 되었다고 해서 콧대를 높이거나 건방지게 구는 애들이 대부분인데 말이야. 평소처럼 하는 게 낫겠지?"

"아뇨. 사장님의 그런 모습도 곧 익숙해지겠죠."

"……"

"할 말이라는 게 뭐예요? 광고는 찍는다고 했으니 그 때문은 아닐 테고요."

촬영 때문에 찍을 시간이 없어서 그렇지 십억이 넘게 준다는데 마다할 이유가 없었다.

"쩝! 다름이 아니라 요조숙녀 때문에 불렀다."

"요조숙녀가 왜요?"

"이거 봐라."

그는 서랍에서 편지를 꺼내 나에게 건넸다.

"…팬레터는 확실히 아니군요."

미나와 체리, 은경이가 술집에서 일했다는 것을 알고 있으니 밝히기 전에 돈을 내놓으라는 협박 편지였다.

"편지에 적힌 내용이 사실입니까?"

잠깐 고민하다가 대답했다.

"네. 과거에 잠깐 술집에서 일한 적이 있었죠."

"어이쿠! 긴가민가했는데……."

숨긴다고 될 일이 아니었다. 이젠 이민기가 사장이었고 그들을 돌보는 건 그의 몫이었다. 이번엔 아닌 것 같지만.

"연예인 중 그런 유흥업소에서 일한 사람이 없는 것도 아니잖아요?"

"있지. 남자, 여자 할 것 없이. 밝혀지지 않으면 문제 될 것이 없어. 근데 일단 협박범이 나타나면 그때부터 문제가 돼."

"원하는 3억을 주면요?"

"날름 받아 챙기고 요조숙녀가 더 잘되길 바라겠지. 그리고 더 잘되면 그땐 더 많은 돈을 요구할 거야. 딱 세 사람이 버는 만큼. 그리고 그게 반복돼. 재주는 애들이 부리고 돈을 챙기는 건 놈들이 될 거야."

내가 협박범이라고 해도 그렇게 할 것이다. 황금 알을 낳는 거위가 계속 알을 낳아주길 기대하면서.

"순순히 인정하면?"

"끝이야. 그럴 일도 없겠지만 시청자들의 동정 여론이 일어난다고 해도 방송국에서 요조숙녀를 찾을 일은 없을 거야."

"진퇴양난이군요. 그럼 결국 가수를 그만둘 수밖에 없다는 소리군요?"

과거의 행위가 미래의 발목을 잡았다. 거창하게 인과응보라는 말을 쓰고 싶진 않았다.

더 큰 잘못을 저지르고도 아무런 죄의식 없이, 처벌 없이 잘 살고 있는 사람들이 많지 않은가.

'훗! 나쁜 생각을 했던 나의 인과응보인지도 모르지.'

"가장 깔끔한 방법이긴 해. 하지만 결정은 김 사장이 해줬으면 해. 난 솔직히 그 애들에게 이번 일에 대해 말할 자신이 없어."

"불리할 때만 사장이라고 부르는군요."

"난 그 애들이 과거에 뭘 했는지 상관없어. 현재 우리 회사에 있고 그래서 지키고 싶은데… 지금은 내가 그 애들에게 해줄 수 있는 게 없네. 휴우~"

이민기는 좋은 사장이었다.

"알았어요. 이번 일은 제가 시작한 일이니 제가 맡죠. 대신 이 일은 저희 둘만 아는 걸로 하죠."

"아직까진 아무도 몰라."

"그럼 됐어요. 요조숙녀는 어디 있죠?"

"앨범 준비 중이야. 4층 녹음실로 가봐. 한데 그 애들한테 말할 거야?"

"글쎄요."

사장실에서 나와 4층으로 내려갔다.

"대표님 오셨습니까?"

복도에서 녹음실을 보고 있던 요조숙녀의 매니저가 인사를 했다.

"이 대표님이 들으면 서운해할 겁니다."

"헤헤! 이민기 사장님은 사장님, 김 대표님은 대표님으로 부르기로 저희끼리 정했습니다."

"…뭐, 호칭이야 어떻게 됐든 애들은 잘하고 있습니까?"

"이번에 정규 앨범을 내는 거라 정신이 없습니다. 안무만 해도 한꺼번에 세 개를 외워야 하고 노래도 바뀐 래퍼에 맞게 재녹음 중입니다. 벌써 36시간째 저러고들 있습니다."

유리창으로 녹음실을 보니 테이블엔 각종 먹을거리들이 수북이 쌓여 있었고 녹음을 하지 않는 멤버는 소파에서 꾸벅꾸벅 졸고 있었다.

"녹음실이 아니라 유치장이네요."

"유치장에서 저렇게 행복하게 웃을 수는 없죠. 요즘 요조숙녀를 보면 예전과는 많이 다릅니다. 한데 어떤 일로 오셨습니까?"

"그냥 지나가는 길에 들렀어요. 정말 행복해 보이긴 하군요."

자신의 삶을 열심히 살아간다면 지금의 요조숙녀와 같은 표정을 지을 수 있을까?

그렇다면 남들이 볼 때 지금 내가 저런 표정으로 있는지 문득 궁금해졌다.

'조용히 해결하는 게 낫겠어.'

알아둬야 최악의 경우 충격이 덜할 거라 생각했는데 저들의 표정을 보곤 차마 말할 수가 없었다.

"다음 앨범 기대하고 있다고 전해주세요."

"애들이 대표님 엄청 보고 싶어 했는데 좀 이따 보고 가시죠?"

"촬영이 있어서. 고생해요."

막 돌아서려는데 계단이 있는 복도 끝에서 소란이 일었다.

"놔봐요! 체리랑 잠깐만 얘기하면 돼요!"

"아, 글쎄 안 된다니까. 몰래 들어온 건 눈감아줄 테니 얼른 가. 계속 이러면 경찰을 부를 수밖에 없어."

"잠깐이면 됩니다. 잠깐만요. 제가 수상한 사람이 아니라는 걸 아시잖아요?"

"알아. 하지만 어쩌겠어. 자네를 절대 들여보내지 말라고…… 아! 대, 대표님!"

새로운 건물로 이전하면서 경호팀과 별도로 나이 많은 분들을 경비원으로 고용했다.

생활비가 필요한 노년층을 고용한다는 좋은 취지도 있었지만 입구 문을 열어주거나 건물 내부 순찰에 군이 경호원을 더 고용하는 것도 낭비라는 생각에서였다.

그중 한 사람이 젊은 친구의 힘이 이기지 못하고 계속 밀려

4층 복도로 올라와서 날 발견하곤 당황한 표정으로 인사를 했다.

"괜찮으십니까? 무슨 일이십니까?"

난 행여나 나이 든 그가 다쳤을까 싶어 얼른 다가가며 물었다.

"아, 그, 그게……. 글쎄 이 친구가 자꾸 억지를 부려서……. 죄송합니다."

"다음부터 이런 일이 있을 땐 직접 막지 마시고 경호팀을 부르세요. 혹시라도 다치기라도 하면 어쩌시려고. 순찰이 임무이지 경호가 임무가 아니지 않습니까."

나이 든 경비원은 막지 못한 것에 대해 책망을 받을까 두려워했지만 난 그가 자신의 임무가 아닌 일을 하려 한 것에 대해 가볍게 주의를 주었다. 그리고 젊은 사내에게도 한마디 했다.

"무슨 일 때문에 이곳에 몰래 숨어들었는지 모르지만 계단에서 실랑이를 벌이다 사람이 다쳤으면 어떻게 할 뻔했습니까?"

"…죄송합니다. 아저씨 죄송해요."

스냅백을 눌러쓴 채 반지며 목걸이며 각종 액세서리를 하고 팔에 문신을 하고 있어 꽤 거칠지 않을까 생각했던 사내는 의외로 순순히 사과를 했다.

표정에서 자신이 잘못했다는 진정성이 묻어 있었기에 화가 났던 마음이 가라앉았다.

"잘못을 아는 것 같으니 더 이상 말하지 않겠습니다. 한데 누구신데 여기서 이러고 있는 겁니까?"

"전… 래퍼 원스타입니다. 본명은 한별입니다."

"래퍼 한별 씨였군요. 그런데요?"

"…절 모릅니까?"

다소 웃기는 반문이었다.

"제가 힙합에 대해선 문외한입니다. TV에 나오는 사람 말고는 아는 사람이 없죠. 한데 알아야 이유를 들을 수 있는 겁니까?"

"아, 아닙니다. 사실 제가 이번 요조숙녀의 4집 앨범에 피처링 작업을 했었습니다. 한데 갑자기 그게 일방적으로 다른 사람으로 바꾼다고 연락이 왔습니다."

"음, 아무런 이유 없이요?"

"그게… 그러니까……."

한별은 한참 망설이다가 말했다.

"제가 1년 전 앨범에서 당신을 디스했습니다. 그걸 요조숙녀 측에서 얼마 전에 알게 되었고요."

"디스라는 것이 절 폄하했다는 소리죠? 뭐라고 했는지 궁금하군요."

"……."

"뭐, 그건 천천히 들어보기로 하고 일단 사실 여부를 알아야겠군요. 종환 씨, 여기 빈방에 있을 테니 요조숙녀에게 내가 좀 보자고 전해주겠습니까?"

"예, 대표님."

매니저에게 말한 후 한별과 방에서 기다렸다. 금방 올 줄 알았는데 의외로 시간이 걸려서 스마트폰으로 원스타를 검색했다.

굳이 노래를 듣지 않아도 됐다. 팬으로 보이는 사람이 블로그에 원스타의 랩에 대해 한 줄 한 줄 상세하게도 설명해 놓은 것이 있었다.

대부분 내가 기자회견을 했던 내용과 내 이미지를 비꼬며 욕하는 것들이었다.

네가 밤에 죽여준다고 주둥아리만 살아, 내가 밤에 널 죽여준다고 골목으로 나와.

근육만 있으면 짐승이야, 개도 소도 짐승이야. 머릿속이 근육으로 꽉 찬 거지, 아랫도리 놀리다가 좆 된 거지.

대략 이런 것들.

F로 시작하는 욕들이 난무하는 것들도 있었지만 생략하겠다.

이해가 되는 부분도 있었다. 그러나 전체적으로 그냥 욕을 해서 대중의 관심을 받고 싶어 하는 것으로밖에 보이지 않았다.

욕먹고 기분 좋은 사람은 없을 것이다. 나 역시 부처님 가운데 토막은 아니었다.

"…나에 대해 상당히 많이 아나 봅니다? 그리고 본인이 엄청 강하다고 말하는 것 같은데 기회가 된다면 골목에서 한번 보죠."

콰직!

"……!"

들고 있던 스마트폰이 순간적으로 박살이 나버렸다.

파편 중 일부가 따끔하게 손바닥으로 파고들며 정신을 차리게 만들었다.

"하아~ 내가 뭘 하는 건지……. 방금 한 말은 잊으세요. 그리고 아무리 표현의 자유가 있다고 해도 앞으로 비판과 비난은 좀 구분합시다."

"…네. 죄송합니다. 당시 제가 철이 없었습니다."

한별도 유치했지만 나도 유치했다.

"받아들이죠."

과자처럼 부서진 스마트폰에서 유심칩과 메모리만 빼고 휴지통에 버리는데 요조숙녀가 들어왔다.

유리창으로 볼 때와 달리 말끔해진 것이 꾸미느라 늦은 모양이었다.

"오빠 왔어요. 요즘 드라마 재미있게 보고 있어요."

한별이 있어서인지 눈으로만 반가움을 표했다.

"앨범 준비로 한창 바쁠 텐데 불러서 미안해. 한데 한 가지 확인하고 싶어서. 한별 씨 말로는 내 문제 때문에 피처링을 쓰지 않겠다고 했다는데 정말이냐?"

"응. 저 자… 한별 씨가 오빠에 대해 아무것도 모르면서 욕을 잔뜩 해놨잖아. 그런데 우리가 어떻게 같이 작업을 하겠어."

미나는 화가 나는지 한별을 손가락질하며 말했다.

"시, 실수였다고, 주목받고 싶어서 강한 척하고 싶어서 한 치기였다고 말했잖아요?"

"오빠가 우리에게 어떤 존재인지 안다면 절대 그런 소리 못할 거예요. 아무튼 우린 더 이상 할 말이 없어요. 피처링비는 지급했으니 쓰고 말고는 우리가 판단할 거예요."

"피처링은 상관없어요. 다만……."

한별은 체리를 봤다. 그리고 들어올 때부터 표정이 굳어 있던 체리는 다소 안타까운 표정으로 그를 바라보다가 고개를 돌렸다.

'아까 체리를 언급해서 잘못 들었나 했더니…….'

시간이 없었기에 사건이 커지지 않게 적당히 중재를 하고 갈 생각이었는데 아무래도 확실하게 마무리를 지어야 할 모양이었다.

제4장

예정된 미래

나는 손을 들어 티격태격하는 두 사람의 말을 막았다.

"한별 씨, 잠깐만 자리 비켜줄래요? 체리 네가 빈방으로 안내해 줘."

"…오빠."

"왜, 싫어? 싫으면 윤주가 안내해 줄래?"

"아, 아니. 내가 할게."

두 사람이 나가는 걸 보고 나머지 애들을 앉혔다.

"아까 녹음하는 거 봤는데 다들 행복해 보이더라."

"다 오빠 덕분이지. 사장님한테 들었어. 우리에 대한 지원 아끼지 말아달라고 했다며."

"내가 잘못한 게 있었으니까. 그러니 고마워하지 않아도 돼."

"그렇게 생각해 주는 것만으로 고마워. 오빤 우릴 물건이 아닌, 노리개가 아닌 사람으로 봐줬잖아."

"부끄럽게 만들지 마라. 내가 어떻게 살아왔는지는 너도 잘 알잖아. 아무튼 넌 할 말 못 하게 만드는 데 뭐가 있다니까. 그래도 오늘 일에 대해선 한마디 해야겠다."

"말해."

"난 너희들이 용서할 수 없는 일이 아니라면 때론 덮어줄 수 있었으면 좋겠다."

"한별이 그 자식? 용서 못 해! 어떻게 오빠를……."

"고마운데 마음만 받을게. 사실 나도 열이 받긴 했는데 너처럼 길길이 날뛸 정도는 아니더라. 그리고 한별 그 친구한테는 이미 사과받았다."

"오빠는 예나 지금이나 달라진 거 하나도 없어. 강자에게 강하지만 약한 사람한텐 한없이 약해. 그래서 우리가 이렇게 살 수 있는 거지만."

"너한테 난 그런 이미지냐?"

"응."

미나는 망설임 없이 그렇다고 대답했고 다른 애들도 수긍이 된다는 듯 고개를 끄덕였다.

"인터넷에서 일부 사람들이 말하는 것처럼 국민호구로 보는 건 아니니까 걱정 마."

"큭! 그렇게 보는 사람들도 있냐?"

"극히 일부야, 일부."

일부가 아닌 것 같은 건 내 착각일까.

아무튼 자극적인 뉴스와 상처 주는 글들이 난무하는 인터넷은 안 하는 게 좋았다.

"어쨌든 한별이 날 디스한 것에 너무 큰 의미를 두지 마라. 그리고 날 위한다고 가까이에 있는 사람을 아프게 만들진 마."

"가까이에 있는 사람이 아파? 그건 무슨 말이야?"

"에? 한별이랑 체리 사이를 몰랐어?"

"진짜? 너희들 중에 알고 있던 사람 있었어?"

미나의 말에 다들 고개를 저었다. 정말 아무도 몰랐던 모양이었다.

"근데 오빠가 어떻게 알아? 둘이 언제부터 그랬대?"

"언제부터인지는 나도 몰라. 조금 전에 한별이 그 친구가 체리를 만나게 해달라고 하는 말을 들어서 그런가 보다 한 거지. 근데 정말 아무도 몰랐냐?"

"당연히 몰랐지. 우린 한동안 남자 안 사귀기로 서로 약속했거든."

"왜? 이 사장님이 연애하지 말라든?"

"그게 아니라 예전에 오빠가 부르면 언제든지 달려가기로 약속했었잖아. 그래서 오빠가 결혼할 때까지 솔로로 지내기로 했어."

"헐~"

어이가 없어 잠시 할 말을 잊었다.

예전에 농담처럼 했던 말을 아직까지 지키려 한다는 것도 어이가 없었지만 그 때문에 개인적인 연애까지 포기했다는 말에 스토커를 보고서도 느끼지 못했던 소름이 돋을 지경이었다.

"너희들 제정신이냐? 내가 너희들을 부르는 일은 절대 없을 거야!"

내 말에 윤주의 표정이 어두워졌지만 개의치 않고 말을 이었다.

"이런 쓸데없는 짓 하라고 너희와 했던 계약을 없었던 일로 한 게 아냐."

"오빠, 알아. 다만 우리는……."

"들어! 과거가 어쨌든 너흰 이제 내 여자사람동생들이야. 혹시 너희 중 누군가와 사귀게 되지 않는 이상 영원히. 두 번 다시 이런 말도 안 되는 이상한 짓을 하면 그땐 스스로의 인생을 살 생각이 없다고 생각하고 원래 계획대로 할 테니까. 알았어?"

"……."

"대답 안 해!"

"…알았어요, 오빠."

아까 반짝반짝 빛나던 얼굴들이 지금은 예전 나와 계약할 때처럼 바뀌어 있었다.

금세 후회가 됐지만 지금이 아니면 다시 똑같아질 것 같아서 꾹 참고 한마디 더했다.

"기회를 줬으면 체리처럼 너희들의 인생을 살아. 그리고 부디 행복해라. 내가 바라는 건 그뿐이다."

고개를 숙인 채 풀이 죽은 그들을 뒤로하고 밖으로 나왔다. 그리고 닫힌 문을 되돌아보며 중얼거렸다.

"고맙다. 힘내라."

요조숙녀가 나에게 은혜를—다소 어이없는 발상이지만—갚겠다고 생각했다는 것 자체는 기특하면서 고마웠다.

물론 그런 생각 저변에 자신들의 불안한 미래에 대해 나에게 의존하고 싶어 하는 마음이 없다고 할 순 없을 것이다.

그러나 내가 그녀들을 위해 해줄 것은 더 이상 없었다. 이제 그녀들 스스로 이겨 나가야 할 때였다.

＊　　　＊　　　＊

밤새 겨우 내려갔던 기온이 해가 떠오르면서 오늘도 무척 더운 날이 될 것이라는 걸 예고하듯 빠르게 달아오르고 있었다.

"후우~"

땀범벅이 된 나는 단전을 돌아 나온 숨을 길게 내뱉으며 운동을 마무리했다.

"…넌 운동할 때도 멋있어."

내가 운동하는 걸 방해하지 않으려는 듯 조용히 소파에 앉아 구경하던 최정연은 아직 잠이 덜 깬 목소리로 말했다.

"운동하는 소리에 깬 거야?"

"아니, 화장실 가려고 일어났는데 옆이 허전해서인지 잠이 안 오더라고. 그래서 나왔어."

"금방 샤워하고 나올 테니 기다려. 간단히 먹고 다시 자자."

"같이 할까?"

"나야 좋지."

"짐승! 하여간 사양하는 법이 없다니까."

최정연은 끔찍하다는 듯 몸을 부르르 떨면서도 소파에서 일어나 샤워실로 따라왔다.

요즘 촬영 때문에 저녁 호흡법을 빼먹은 날이 많아서인지 한동안 잠잠하던 성욕이 폭발했다. 그래서 어젯밤에 뜨겁게 사랑을 나눴던 것이 무색하게 샤워실은 신음 소리와 거친 숨소리로 한창 시끄러웠다.

한바탕 열락의 폭풍이 지나간 후 우린 커피와 토스트를 앞에 두고 식탁에 앉았다.

"가면파티면 가면을 준비해야 하는 거 아냐? 사러 가야 하나?"

참석하기로 한 가면파티가 오늘 밤이었다.

"우리가 준비할 건 없어. 가면과 복장은 물론이고 콘돔도 다 비치되어 있거든."

"에? 웬 콘돔?"

난 토스트를 먹다 말고 놀라 물었다.

"뭐야? 가면파티에 대해 성은이가 말 안 했어?"

"전혀. 난 그냥 지루한 통성명 파티라고 생각했어."

"그런 파티야 허구한 날 있는데 2년마다 굳이 날짜까지 지정해서 할 이유가 없지."

"그럼, 놀자 파티?"

"응. 2년 동안 공부하느라, 혹은 경영 수업 받느라 고생한 이들을 위한 공개적인 환락의 파티라고나 할까."

"환락? 마음에 드는 단어네."

"이상한 생각 하지 마. 지저분하게 논다는 뜻은 아니니까. 물론 간혹 그렇게 노는 애들도 있어. 그러나 대부분은 파티를 맘껏 즐기는 것뿐이야."

가면파티에 대한 최정연의 설명은 이랬다.

가면을 한 채 주최 측이 준비한 공연을 즐기면서 마음에 드는 이성에게 대시를 하고 서로가 원할 때는 준비된 방에 가면 된다는 것이었다.

능력만 된다면 밤새 이성을 바꿔가며 해도 상관이 없는데 단, 팔짱을 끼고 있으면 서로 약속을 한 커플이기에 대시가 불가능하다는 얘기도 했다.

"근데 아무리 가면을 쓰고 있다고 해도 대충 누군지 알 수 있을 것 같은데 그럼 끝나고 나면 얼굴 보기 힘들지 않나?"

"아는 애들끼리는 거의 안 해."

"그럼?"

"주최 측이 문제가 안 될 만한 사람들을 엄청 초대해. 개중에는 연예인도 있고, 모델도 있고, 지망생들도 있고, 즐기기 위해 참석하는 일반인도 있어. 아무튼 가보면 알겠지만 정식 초대장을 발급받은 사람들보다 몇 배나 많은 사람들이 있어. 아마 파트너를 잃어버리면 찾기도 힘들걸."

"대단하네. 솔로들에겐 천국이겠구나."

"왜? 나랑 사귀고 있어서 아쉬워?"

"전혀. 난 통성명하지 않는 파티라는 것에 만족해."

"피이~ 얼굴에 아쉬움이 가득한데? 하고 싶으면 마음대로 해. 나도 마음대로 할 테니까."

"어라? 정연이 네가 즐기고 싶어 그런 소리 하는 거 아냐?"

"아니거든! 토끼처럼 후다닥 끝내놓고 마치 자신이 변강쇠라도 되는 듯 또 다른 여자들을 찾아다니는 애들은 딱 질색……! 아, 아무튼 난 공연을 즐기러 가는 거야. 그것만으로 충분히 재미있거든."

최정연은 설명을 하다가 너무 나갔다고 생각했는지 당황하며 말을 바꿨다.

"아무것도 준비할 필요가 없다면 밥 먹고 잠이나 더 자자."

그에 난 모른 척 커피를 마시며 그녀가 바라는 대로 화제를 바꿨다.

최정연이 어떻게 살아왔는지는 대충 알고 있었다. 우리 관계는 그녀의 은근한 유혹에서 시작하지 않았던가.

무엇보다도 내가 그녀의 문란했던 과거에 대해 말할 자격이 없었다. 암묵적으로 사귀고 있으면서도 전수현과 잠자리를 하는 내가 뭐라 하겠는가.

"오늘 저녁을 생각한다면 그러는 게 좋지. 참! 술은 웬만하면 바에서 직접 받아서 마셔. 다른 사람이 건네는 것 중엔 홍분제 따위가 들어 있을 수 있거든."

"성은이랑 연인 행세 하다가 적당한 시간 되면 올 생각이니까 걱정 마."

"…그러지 말고 우리 중간에 만날까? 그곳에서 하는 것도 색다르고 좋지 않아?"

"가면 쓰고? 채찍도 준비할까요, 여왕님?"

"가시 달린 채찍으로 준비해라! 깔깔깔!"

"초도 함께 준비하겠습니다! 하하하!"

우리는 장난을 치고 깔깔거리며 침대로 갔다. 물론 이번엔 진짜 잠을 자기 위함이었다.

실컷 자다 일어나 점심을 먹고 다시 잠을 청했다. 촬영 때문에 부족했던 잠이 폭발한 모양이었다.

"아함~ 쩝쩝! 미안. 어떻게 된 게 자면 잘수록 잠이 오는 건지. 빨리 준비할게."

5시가 되자 류성은이 헤어숍을 들렀다가 온 건지 아주 예쁘게 꾸미고 왔다.

가면파티를 가는데 굳이 메이크업까지 받고 올 필요가 있었을까 싶었지만 말은 하지 않았다. 왜 그랬는지는 잘 알고 있었다.

"정연이는?"

"헤어숍에. 거기 대기실이 있을 거래. 거기서 보기로 했어."

"그래? 그럼 얼른 씻고 나와. 6시까지잖아."

"정연이 말이 그리 서두를 필요 없대. 정작 정각에 오는 사람들은 파티를 준비한 사람들뿐이래."

샤워를 하러 들어가기 위해 아무 생각 없이 옷을 훌훌 벗는데 따가운 살기가 엉덩이에서 느껴졌다.

'빌어먹을! 지금 성은이랑 있는 거잖아.'

하루 종일 최정연과 있다 보니 잠깐 착각을 했다.

이럴 땐 두 가지 방법이 있었다. 얼른 사과를 하고 샤워실로 뛰어가거나, 짐짓 모른 척하거나.

난 후자를 선택했다.

그편이 덜 쪽팔릴 것 같아서였다.

다행히 류성은은 살기만 풀풀 풍길 뿐 별말 하지 않았다.

샤워를 마치고 머리를 대충 말린 후 편한 복장을 입었다. 대략 15분 만에 준비를 끝냈다.

"됐다. 가자."

난 류성은의 어깨를 감싸며 말했다.

지금까지 어깨동무를 한두 번 한 것도 아닌데 류성은이 오늘따라 유독 화들짝 놀랐다.

"…떠, 떨어져!"

"새삼스럽게 왜 그래? 더워서 그러냐?"

"으, 응……. 날씨 무지 더워. 그러니 손만 잡고 가."

"매일같이 아침저녁으로 호흡법과 무술을 연마하는 사람이 더위를 그리 타냐?"

"그게… 요즘 아침 일찍 회의가 있어서 호흡법을 게을리해서 그런가 봐."

싫다는 걸 굳이 할 이유는 없었다.

그녀가 날 마음에 담아두고 있길 바라는 거지 싫어하게 되길 바라진 않았다.

어깨동무를 풀고 류성은의 손을 잡았다. 그리고 한마디 더 했다.

"너 절대 우리 집 가전 무술 내 허락 없이 다른 사람한테 가르쳐 주면 안 된다."

류성은을 만날 때마다 은근슬쩍 가전 무술 얘기를 꺼낸 후 그녀에게 가전 무술을 절대 전수해서는 안 된다고 주입을 시키고 있었다.

"알아! 그만 얘기해도 충분히 알아들었거든."

"오케이! 가자. 한바탕 연극을 시작해 보자고."

나와 류성은은 손을 꼭 잡고 집을 나섰다.

＊　　　＊　　　＊

"외곽팀. 외곽 경호 1팀에게 알려 한 쌍의 남녀가 그쪽으로 가고 있으니 확실하게 경고하라고 해둬."

"숙소팀. 들어가고 나가는 인원들 확실히 체크해요. 지난번처럼 약해 취해 죽기 직전에 이르면 이번엔 용서 못 해요. 그리고 무리하게 약 쓰는 놈 있으면 책임은 내가 질 테니 따끔하게 혼내주고요."

"공연팀. 로열그룹 올 때 됐으니까 실내 클럽에서라도 분위기 좀 올리라고 해. 재미가 없으니까 발정이 난 짐승들마냥 숙소로 향하잖아."

목에 와이어리스 헤드셋을 두른 두 명의 남자와 한 명의 여자는 수십 개의 모니터가 설치된 각 벽면에 앉아 지시를 내렸다.

한창 공연팀에 지시를 내리던 한경호는 시간을 흘깃 보더니 헤드셋의 전원을 내리며 말했다.

"우진아, 소희야. 시간 다 돼간다. 지휘권 각 팀에게 넘기고 우리도 슬슬 손님들 맞이할 준비를 하자."

"오케바리~"

"알았어, 오빠."

세 사람은 각자 맡고 있던 팀에게 권한을 넘기고 난 다음 자리에서 일어났다.

"에고. 이 짓도 이제 못 하겠어. 한 번 할 때마다 몇 년씩 늙는 것 같아. 다음엔 다른 사람한테 물려줘야겠어."

모니터 실에서 나온 한경호는 소파에 털썩 주저앉으며 투덜 댔다.

"피이~ 오빠, 2년 전에도 똑같은 말 했었잖아."

"이번엔 진짜야. 내후년엔 소희 네가 주도해서 해. 나랑 우진이랑은 이제 은퇴해야지."

"오호! 드디어 내가 바라고 바라던 남성천국의 가면파티를 할 수 있는 건가?"

"쯧! 4년 후엔 가면파티도 끝이 나겠군. 하긴 그 편이 나을 지도 모르겠어. 해가 가면 갈수록 인간들이 점점 자극적으로 변해가는데 감당도 안 되는 건 둘째 치고 왜들 그러는지 이해 가 안 돼."

"나도 동감이다. 지난 파티 때 봐라. 집단 성교에, 다대일의 섹스에, 마약 복용까지. 오늘 어떻게 되는지 봐서 아예 올해 끝내는 것도 생각해 봐야 해."

한경호와 태우진 두 사람은 재작년 뒷정리할 때가 생각나서인지 몸을 부르르 떨었다. 그러나 이소희는 별일 아니라는 듯 말했다.

"그건 오빠들이 늙어서 그래. 익숙한 자극은 더 이상 자극을 줄 수가 없는 이치와 마찬가지야. 2년 후엔 누드 수영장을 만들어도 될걸. 아마 더 많은 사람들이 몰릴지도."

"누드 수영장이라······. 2년만 더 해볼까, 우진아?"

"그러자. 너무 일찍 손을 놓는 것도 예의가 아니잖아. 우리가 아님 누가 이 힘든 일을 하겠냐?"

"하여간 남자는 관 뚜껑에 못이 박힐 때까지 철이 안 든다더니 오빠들 보면 알겠다."

"하하하! 너도 만만치 않거든. 어? 로열그룹 첫 번째 손님이 왔다."

세 사람이 쉬고 있는 휴게실에도 모니터가 하나 달려 있었는데 로열그룹이라고 명명된 최상류층 초대 손님들의 대기실을 비추고 있었다.

가면파티의 손님들은 다섯 부류로 나뉘어 관리되고 있었지만 나머지 네 그룹은 그저 로열그룹을 위한 액세서리나 다름없었다.

"창천S&C의 류성은과 연인인 김철이네."

초대 손님을 담당했던 태우진은 화면 속 작은 남녀를 보고 누구인지 바로 맞혔다.

김철이라는 말이 이소희가 화들짝 놀라며 물었다.

"김철? 드라마 '내 심장 속 그대'의 김철?"

"몰랐냐? 두 사람이 사귄다는 얘기 꽤 오래전부터 떠돌고 있었는데."

"동명이인인 줄 알았지. 우와! 진짜 김철이다!"

이소희는 모니터에 바짝 붙으며 김철을 확인했다.

한경호는 어이없다는 듯 웃으며 물었다.

"그리 좋냐?"

"당연하지. 난 올해는 김철로 찜했어."

파티 개최자로서 이점이 있다면 화면을 통해 원하는 사람을 찍을 수 있고 점찍은 사람이 어디 있는지 쉽게 파악할 수 있다는 것이다.

이게 별것 아닌 것 같지만 가면파티라 몸과 목소리만으로 파트너를 구하다 보니 복불복인 경우가 많았고 파티장이 넓고 모인 사람이 많아 헤어지면 찾기가 쉽지 않았는데 언제든 소재 파악이 가능하다는 건 큰 이점이었다.

"애인이 옆에 있는데 되겠냐? 설령 된다고 해도 조심해라. 류성은이 남자 패고 다닌다는 소문 진짜다. 웬만한 경호원들은 류성은한테 꼼짝도 못 해."

"에? 경호 오빠가 그걸 어떻게 알아?"

대답은 태우진이 했다.

"큭큭큭! 경호 녀석 최정연에게 치근덕대다가 류성은한테 혼쭐이 난 적이 있었거든."

"야이~ 빌어먹을 놈아! 내가 동네 양아치냐? 치근덕대게? 그냥 데이트 신청한 것뿐이거든."

"그거나, 그거나. 호랑이 제 말 하면 온다더니 최정연이 왔다."

"…관심 없다."

한경호는 관심이 없다며 고개를 돌렸지만 눈은 모니터를 향하고 있었다.

한경호의 그런 모습을 바라보던 이소희는 그가 아직 최정연에게 미련을 가지고 있다는 걸 눈치채고 씨익 웃으며 말했다.

"오빠들, 우리 재미난 게임 하나 할까."

"싫어!"

"네가 무슨 생각 하는지 다 알 것 같거든. 분명 저 셋을 찢어놓자는 것이겠지? 안 해!"

그러나 그녀가 두 사람에 대해 잘 알듯이 두 사람도 그녀에 대해 너무 잘 알았다.

"치이~ 눈치는……. 좋아, 게임하자고는 안 할 테니까 도움이라도 줘. 그건 어렵지 않지?"

"어쩌려고?"

"남자들은 다 똑같아. 술에 취하거나 혼자라는 생각이 들면 딴생각을 하게 되거든. 게다가 비장의 무기도 준비해 뒀거든."

"헐! 네가 막 나가기로 작정을 했구나."

"오빠가 생각하는 그런 약은 아냐. 그냥 약간 기분 좋게 해주는 정도랄까. 이왕 즐기려면 화끈하게 즐기는 게 좋잖아. 도와준다면 오빠들한테도 줄 수 있는데."

한경호는 작은 캡슐을 들고 흔드는 이소희와 모니터 속의 최정연을 번갈아 보며 고민했다.

"참! 이 약 지속 시간도 늘려준다고 하더라고."

결정타였다.

한경호와 태우진의 손에는 어느새 작은 캡슐이 들려 있었다.

*   *   *

대기실이 있는 건물은 어떤 건물보다 높은 곳에 위치해 있었다. 그래서 대기실 유리창 너머로 여러 개의 소규모 공연장과 수영장에서 파티를 즐기고 있는 수많은 이들이 한눈에 보였다.

"노는 스케일이 다르구나."

더 많은 사람들이 한꺼번에 함성을 지르는 모습도 봤었지만 순수하게 하룻밤을 즐기기 위해 이만한 규모의 파티를 한다는 것에 놀랄 수밖에 없었다.

"이런 곳인지 처음부터 알았다면 초대장을 거부했을 거야."

류성은은 못마땅한 표정으로 말했다.

"그냥 하룻밤 논다고 생각해. 예의 바른 척하며 말하는 것조차 조심해야 하는 파티보단 낫지 않아?"

"난 그런 파티가 편해."

"헐~ 넌 도대체 세상을 무슨 재미로 사냐?"

"해야 할 일이 있어."

'하긴 넌 해야 할 일이 있지. 나도 해야 할 일이 있고……'

괜한 걸 물었나 보다. 조금 들떠 있던 마음이 다소 무겁게 내려앉았다.

"얘들아, 안녕! 일찍 도착했네?"

반짝반짝 빛나는 모습으로 최정연이 도착했다.

집에 있다고 그 미모가 어디 가겠느냐마는 화장이 더해졌을 때의 미모는 대한민국을 대표하는 미인이라고 할 만했다.

"어서 와. 오랜만이야."

몇 시간 전까지 함께 있었지만 악수까지 하며 오랜만에 만난 척을 했다.

"응, 반가워. 우리 여기서 이럴 게 아니라 나가자. 여기 있어 봐야 통성명하기 바쁘거든. 반대편 탈의실 입구에서 만나."

"그래."

어차피 시간을 보내야 한다면 대기실에 있는 것보다 밖에서 술을 마시는 것도 좋을 듯했다.

최정연은 류성은을 데리고 여자 탈의실로, 나는 남자 탈의실로 향했다.

탈의실 안으로 들어가자 왼쪽으로는 찜질방과 비슷한 옷장들이 있었고 오른쪽으로는 의류 매장처럼 꾸며져 있었는데 직원이 있었다.

내가 두리번거리자 직원은 빙긋이 웃으며 다가왔다.

"안녕하세요. 무엇을 도와드릴까요?"

"가면은 어디에 있습니까?"

"옷장 안에 있습니다. 제가 안내해 드리죠. 이쪽으로 오십시오."

가장 가까운 옷장으로 안내한 직원은 문을 열었다. 그러자 정면으로 가면이 보였다.

일부가 아닌 전체를 가리는 것으로 꽤 고급스럽게 만들어진 가면이었다.

"마음에 안 들면 다른 옷장을 열어 괜찮은 가면으로 선택하셔도 됩니다. 먼저 오신 분들의 특권이죠."

"이걸로 충분합니다."

"옷은 필요하지 않으십니까? 저기 있는 옷들 중 파티를 즐기기 편안한 옷으로 갈아입으시면 됩니다."

매장과 옷장이 왜 필요한지 직원의 말에 이해할 수 있었다.

"미리 편안한 옷으로 입고 왔습니다. 감사합니다."

옷장 문에 달린 거울을 이용해 가면을 착용했다. 그리고 들어온 곳과 반대편 나가려는데 직원이 옷장 키를 건넨다.

"이건 가지고 가십시오. 바와 숙소를 이용하실 때 보여주시거나 장치에 대면 원하시는 건 구해서라도 제공할 겁니다. 참!
어느 숙소든 엘리베이터에 대면 일반인은 올라가지 못하는 층
으로 올라갈 수 있습니다. 참고하십시오."

"고맙습니다. 이건 담배값이라도 하세요."

지갑에서 백만 원짜리 수표 한 장을 꺼내 직원에게 건넸다.

"이러지 않으셔도……."

"그냥 넣어둬요. 아! 그리고 이 키는 한 사람 앞에 하나만
들고 갈 수 있습니까?"

"원칙적으로 그렇습니다."

"누군가는 몰래 하나를 빼 간다고 해도 아무도 모르겠군
요?"

"파티 때마다 그런 분들이 계시긴 한데 이곳에 카메라도 없
고 손님들이 밀려오면 일일이 제가 확인할 수 없는 일이라."

"알겠습니다. 이건 커피값 하세요. 전 잠깐 더 괜찮은 가면
이 있나 확인해 보고 갈게요."

넉 장을 더 꺼내 직원에게 건넸고 그는 잠깐 망설이더니 받
아서 호주머니에 넣었다.

"그럼 즐거운 파티 되십시오."

직원이 원래 자리로 가는 것을 본 후 나는 가면과 옷장 키
를 하나 더 챙겼다.

500만 원을 주고 옷장 키 하나를 더 챙긴 건 딱히 특별한
이유가 있어서가 아니었다. 언제든 무슨 일이 있을지 몰라서

하는 습관이었다.

탈의실을 나오자 사방이 막힌 대기실이 있었다.

처음 대기실과 다른 점은 파티 현장을 비추고 있는 여러 개의 모니터가 있다는 것과 사방이 벽이라는 것 정도였다.

앉아서 기다리는데 여자 탈의실에서 두 사람이 나왔다. 한데 둘은 가면만 다를 뿐 똑같은 옷을 입고 있었다.

가면만 똑같다면 쌍둥이라고 해도 좋을 만큼 체형이나 몸매가 비슷했다.

"짠! 내가 누굴까?"

호랑나비처럼 생긴 가면을 쓴 이가 양팔을 벌리며 맞혀보라는 시늉을 했다.

"성은아, 너의 어깨를 과소평가하지 마라. 그리고 가면을 썼다고 누가 얘기했는지 모를 정도로 바보는 아니거든."

시늉은 류성은이 했고 말은 최정연이 했다.

"뭐야, 옷을 입으면서 널 속일 수 있을 거라고 얼마나 좋아했는데 허무하게시리."

좌측이 흑색, 우측이 백색으로 된 가면을 쓴 최정연이 재미없다는 듯 가볍게 투덜댔다.

"어깨가 아니라고 해도 두 사람에게 나는 향수 냄새만으로도 구분이 되거든. 근데 왜 두 사람이 같은 옷을 입은 거야?"

"그야 나중에 체인지하기 편하잖아."

"하긴 혹시 모르니까."

침실과 같은 은밀한 곳까지 CCTV가 설치되어 있지 않겠지만 숙소 입구엔 있을 가능성이 높았다.

최정연의 설명에 따르면 이곳에서 벌어진 일이 외부로 알려진 적이 없다고 하지만 그건 모르는 일이었다.

"음, 어디에 먼저 갈까? 지금은 해가 아직 있으니 클럽으로 가자."

파티 경험자인 최정연이 모니터를 보고 어디를 갈지 결정을 내렸다.

아는 것이 없는 류성은과 나로서는 그냥 그녀의 뒤를 따라갈 수밖에 없었다.

건물과 건물을 잇는 공중 다리 통해 아래 건물로 다가갈수록 쿵쿵대는 음악 소리가 느껴졌다.

진행 요원 두 사람이 지키고 있는 문이 가까워지자 최정연이 한마디 했다.

"일단 초청장을 받고 참석하기로 결정한 사람들은 집이 망했다든가, 아님 가족 중 누가 죽거나 하는 피치 못할 사정이 생기지 않는 이상 12시까지는 이곳에서 머물러야 한다는 거 너희도 알 거야."

아까 집에서 들은 얘기였다.

"그러니까 시간이 가기만을 기다리지 마. 분명 앞으로 남은 5시간이 하루보다 길게 느껴질 거야."

최정연의 가면 속 눈동자는 나와 류성은을 번갈아 보고 있었는데 빙긋이 웃고 있었다.

그녀가 무슨 말을 할지 알 것 같았다.

"그럴 바엔 차라리 신나게 놀자. 회사가 어떻게 됐든 내일 촬영이 어떻게 됐든. 오케이?"

오늘 하루 재미있게 놀자며 기운을 북돋우는데 가만히 있는 것도 우스웠다.

"좋아!"

진행 요원들이 돌아볼 정도로 큰 소리로 대답했다.

"넌?"

내 목소리는 마음에 들었는지 최정연은 류성은에게 물었다.

"…나도 좋아."

"있던 기운도 사라지겠다. 똑바로 대답 못 해!"

조교처럼 말하는 최정연을 보며 머리를 긁적이던 류성은은 마지못해 큰 소리로 대답했다.

"오케이!"

"이번엔 마음에 든다. 그럼 가볼까! 예!"

최정연처럼 손을 들며 파이팅 넘치는 고함을 치진 않았지만 우리는 그녀를 따라 씩씩하게 문을 열고 파티가 펼쳐지고 있는 건물로 입성했다.

우와아아아아아아! 꺄아아아아! 휙! 휙!

귀와 심장을 울리는 음악 소리를 뚫고 들려오는 사람들의 함성 소리와 휘파람 소리는 클럽의 분위기가 어떠한지 알려주기에 충분했다.

착한(?) 몸매를 가진 여자가 윗옷을 벗어 던지면서 시작된 뜨거운 분위기는 남녀를 불문하고 한 명 두 명 동참하면서 삽시간에 용암처럼 끓어올랐다.

춤을 추는 이들의 손이 연신 앞 사람의 몸을 훑고 있었고 성행위를 연상케 할 만큼 대담한 포즈로 춤을 추는 이들도 상당했다.

스프링클러에서 차가운 물이 뿜어져 나와 열기를 식히려 했지만 역부족이었다.

오히려 사람들의 열기에 수증기가 되어 클럽 안을 뿌옇게 만들었다.

가면은 얼굴을 숨기기 위한 용도였지만 아이러니하게 마음속 깊이 감춰뒀던 원초적인 본능을 나타내게 만들었다.

"너도 무대에 올라가 봐!"

분위기에 휩쓸려 클럽 안의 다른 사람들처럼 내 몸에 찰싹 붙어 연체동물처럼 춤을 추던 최정연이 귀에 대고 큰 소리로 말했다.

난 고개를 절레절레 흔들었다.

클럽 안에서 가장 어색한 두 사람을 뽑으라면 나와 류성은일 것이다.

우리 두 사람도 우리 둘에 대해 아는 사람들이 봤다면 미쳤다고 할 만큼 놀고 있는 중이긴 했다.

무미건조하게 살아왔던 류성은이 클럽 분위기에 휩쓸렸는지 대담하게 내 어깨에 손을 올린 채 슬쩍슬쩍 몸을 기대오며 춤을 추고 있었으니 말이다.

물론 남들이 본다면 통나무가 춤을 춰도 더 잘 출 것이라 생각하겠지만.

나도 류성은보다 낫다고 할 수 없었다.

하반신 불구, 전신 불구일 때야 말할 것도 없지만 현재의 김철도 춤과는 거리가 있었다.

동생들과 클럽이나 주점에 가서 자주 놀았지만 두목이 체통 없이 막춤을 추며 놀 수는 없는 법. 그저 흐뭇하게 지켜보며 박수를 쳐주는 게 다였기에 지금도 직접 움직이는 거보단 지켜보는 게 편했다.

그런 나에게 조금 있으면 치마까지 벗을 것 같은 무대에 올라가라고?

미치지 않고서야, 아니, 지금도 충분히 미쳤다고 할 수 있으니 더 미치지 않고서야 할 수 없는 짓이었다.

"만일 올라가면 네가 오늘 밤 다른 한 명을 더 데리고 온다고 해도 용서할게."

자극하기 위해 한 말이 분명했다.

그러나 날 너무 순진하게 봐서 하는 말이었다. 나에겐 최정연이 생각하는 것보다 훨씬 자극적인 기억이 많았다.

"싫어! 난 너만 있으면 돼."

"…달콤한 말 따위 필요 없어! 네가 안 올라간다면 내가 올라갈 거야."

최정연은 도대체 날 왜 저 무대 위로 올려 보내지 못해 안달인 건지 모르겠다.

이 순간을 더욱 재미있게 하기 위해? 남자친구가 꽤 괜찮은 몸을 가지고 있다는 걸 자랑하기 위해? 그것도 아님 아까부터 마시던 술에 취해서?

모를 일이었다. 그러나 스테이지로 가면서도 몇 번이고 뒤돌아보는 것이 분명 붙잡아달라고 말하고 있었다.

'미친 건가? 아니, 이런 분위기에 미치지 않고 버티는 게 신기한 건가?'

결국 치마와 바지를 벗어 던지는 이들이 생겨났다. 치마를 벗을 때 남자들의 함성이, 바지를 벗을 땐 여자들의 함성이 울려 퍼진다는 게 다를 뿐이었다.

"올라가서 주목을 못 받는다고 뭐라 하지 마라."

결국 최정연을 잡았다.

원해서 올라간다면 구경하며 박수를 쳐줄 용의도 있었지만 잡아달라는 사람을 올려 보내봐야 남은 시간이 고달플 뿐이었다.

'망신만 안 당해도 다행이겠다.'

이미 스테이지는 만원이었고 춤을 잘 추거나 잘 벗거나 하는 이들이 사람들의 시선을 독점하다시피 하고 있었다.

물론 다행이라면 다행일 것이다. 주목을 받지 못한다면 조용히 내려오면 될 일이었다.

마침 주목을 받지 못하고 내려오는 남자가 있었다. 남자와 눈이 마주쳤다.

남자는 눈빛은 패배감에 젖어 있었다. 그는 올라가지 말라고 눈으로 말하는 듯했다.

'걱정 말게, 친구. 가면을 쓰고 있지 않나.'

나도 눈빛으로 그에게 말했다. 그리고 가볍게 그의 어깨를 툭 치며 힘내라고 한 후 스테이지에 올랐다.

뉴 페이스, 뉴 가면의 등장에 몇몇 사람의 시선이 나를 향했다.

벗어야 하나 말아야 하나 몇 초 고민하는 동안 특별함을 보여주지 못한 프로그램의 채널이 돌아가듯이 나에게 머무르던 시선이 다른 곳으로 돌아갔다.

'아, 빌어먹을! 정연이 저게 장난친 거였어.'

최정연과 류성은은 무대 위의 나를 보며 눈을 초승달처럼 만들고 키득대고 있었다.

얼른 끝내고 내려가기로 했다.

음악에 몸을 흔들며―그래봐야 최신 로봇보다 못한 움직이었지만―스프링클러가 작동하는 시간에 맞춰 옷을 벗었다.

아까보다 많은 시선들이 나에게로 향했다. 그러나 그뿐이었다.

무대에 올라온 남자들치고 초콜릿 복근이 없는 사람이 드물었고 격투에 최적화되어 세세하게 쪼개진 근육은 카메라에서 효과가 있지 번쩍이는 사이키 조명 아래에서는 보이지도 않았다.

아까 스테이지에 올라올 때 눈이 마주쳤던 남자는 나를 위해 아낌없이 박수를 쳐주고 있었다.

'…영혼까지 불태웠다네, 친구. 밑에서 만나 술이나 한잔 기울이지.'

패배를 인정하고 내려가려 할 때였다. 갑자기 사람들의 시선이 내 쪽으로 향했다. 정확하게는 나에게로 다가오는 누군가에게로 향했다.

벗을 필요도 없이 위에는 비키니를, 아래에는 짧은 청바지를 입고 있는 여자였다.

다른 사람들보다 왠지 눈에 잘 띄는 듯한 가면도 가면이지만 비키니를 천 쪼가리처럼 보이게 만드는 착한 가슴과 탄력 있게 곱게 뻗은 다리가 모든 남자들의 시선을 모은 것이다.

누군가는 모든 남자가 여자의 벗은 모습을 좋아한다고 생각할지 모르겠지만 착각이다. 많은 이들이 완전한 노출보다 적당한 노출을 더 선호했다.

'내가 내려갈 걸 알고 이쪽으로 오나 보군. 서선 많이 받고

나와 저 밑에 있는 친구의 한을 풀어주시게.'

전임자가 나에게 그랬듯이 후임인 비키니녀에게 눈빛으로 말을 한 후 내려가려는데 갑자기 그녀가 내 어깨를 잡았다.

돌아보자 서서히 같이 춤을 추자는 듯이 흐느적거리며 바싹 붙어왔다.

신이 기죽지 말라고, 최정연의 짓궂은 장난에 복수를 하라고 보내주신 성(性)스러운 천사인가?

아까 최정연과 춤을 추며 흔들었던 경험이 있었기에 어색하지만 그녀의 움직임에 보조를 맞출 순 있었다.

그리고 그녀 덕분에 망신을 면할 정도로 사람들의 시선을 받을 수 있었다.

'…그렇다고 너무 비비진 말아요, 아가씨.'

난 상의를 탈의한 상태였고, 그녀는 천 쪼가리 같은 비키니만 입고 있는 상태에서 부비부비를 하니 기분이 묘했다. 게다가 나쁜 손을 가졌는지 꽤 대담하게 이곳저곳을 자극했다.

자연 의지완 상관없이 피가 한쪽으로 급격히 쏠렸다.

'아래(?)가 다 문제군.'

여자와 춤을 출 때부터 초승달 모양으로 웃던 최정연과 류성은의 눈이 점점 역팔자를 그리고 있었다.

억지로 무대에 올라오게 만든 것에 대한 복수로 그들의 눈빛을 무시하고 춤을 췄는데 계속했다간 당장 올라올 기세였다.

"나 가봐야 해. 고마워! 덕분에 망신은 면했어."

난 춤을 멈추고 비키니녀에게 큰 소리로 말했다. 다행히 그리 기분 나빠 하는 표정은 아니었다.

돌아서 무대 아래로 내려가려는데 날 응원해 주던 친구(?)가 대기하고 있었다. 그의 눈은 '선수 교체!'를 외치고 있었다.

'힘내게, 친구.'

이심전심이라고 가볍게 손을 마주치며 자리를 교체한 후 최정연에게 다가갔다.

"흥! 좋았겠네?"

망신당할 각오를 하고 시키는 대로 했는데 돌아오는 것이 콧방귀라니…….

"내 스타일이 전혀 아냐. 가슴이 크면 너무 둔해 보여 싫어."

입으로는 도움을 준 비키니녀를 깎아내리며 속으론 사과를 했다.

일단 살고 봐야 하지 않겠는가.

"치잇! 아주 좋아 죽더구만 무슨……."

"내가 전부터 말했지. 손에 딱 잡히는 게 좋다고. 자자! 무대에 올라갔다 왔더니 쪽팔림에 얼굴이 화끈거려서 여긴 더 못 있겠다. 이제 해가 졌을 테니 공연이나 보면서 시원한 맥주나 한 잔씩 하자."

난 두 사람의 등을 떠밀었다.

다행히 최정연은 날 무대에 올려 보낸 것이 자신이었다는 걸 아는지 더 이상 투덜대지 않고 걸음을 옮겼다.

마지막으로 클럽에서 만난 친구(?)가 잘하고 있는지 확인하려 무대를 보았다.

비키니녀는 없었고 친구는 쓸쓸한 표정으로 날 보고 있었다.

그러나 이번엔 난 그의 눈빛을 무시했다. 그가 마치 한 명을 넘기라는 눈빛을 하고 있었기 때문이었다.

우리는 클럽에서 나와 한적한 곳에서 잠깐 쉰 후 야외 수영장으로 향했다.

클럽의 열기가 기분 좋은 열기였다면 열대야의 열기는 기분을 찝찝하게 만들었다. 그래서 자연스레 물이 있는 수영장으로 걸음을 옮긴 것이다.

한데 날씨 때문일까? 수영장 입구엔 길게 줄이 서 있었다.

"기다려야 하는 모양인데?"

류성은은 딱히 기다리면서까지 수영장에 갈 이유가 있냐는 듯 물었다.

"우리가 들어갈 입구는 당연히 저쪽이 아냐."

사람들이 기다리고 있는 입구가 아닌 오른쪽으로 돌아가자 진행 요원이 지키고 있는 입구가 있었다.

한데 우리보다 먼저 온 듯한 남녀 한 쌍이 실랑이를 벌이고 있었다.

"아이~ 그러지 말고 좀 들어갑시다. 이 년 전에도 들어갔었다니까요. 자자, 이걸로 나중에 술 한잔하시고 들어갑시다."

인원 제한이 걸린 수영장에 2명이 더 들어간다고 티가 나는 것은 아닐 것이다. 그러나 사내가 돈을 찔러주는 타이밍이 나빴다.

우리가 다가가자 돈을 받으려던 진행 요원이 거부를 한 것이다.

"절대 안 됩니다. 동행한 분 중에 로열분이 있지 않은 이상 불가합니다."

"올해는 유독 빡빡하게… 어? 넌?"

"오~ 친구. 여기서 또 보네."

실랑이를 벌이던 남자는 클럽에서 친구를 먹은—물론 마음속으로만 맺은 것이지만—사람이었다.

"노력하더니 성공했나 봐? 축하해."

"고마워. 근데 우리 반말이 너무 자연스럽지 않아?"

"가면도 쓰고 있는데 그냥 오늘만 친구 하자. 안에 들어가야 할 거 아냐."

"하긴. 근데 너 로열?"

"아마도."

"한번 친구는 영원한 친구지! 앞장서라고, 친구. 하하하!"

그는 너스레를 떨며 내 등을 밀었고 우린 옷장 키를 보여주고 안으로 들어갔다.

"휘익! 역시 여름엔 수영장이라니까."

넓은 수영장 끝에는 꽤 유명한 가수이자 래퍼가 공연을 하고 있었고 그것을 보며 사람들은 술과 수영을 즐기고 있었다.

인원을 제한하고 있어 물 반, 사람 반이 아닐까 했는데 의외로 많지도 적지도 않게 적당했다. 다만 비치 베드와 테이블은 대부분 사람들이 차지하고 있었고 비어 있는 곳은 예약석뿐이었다.

"여기 앉으면 돼."

최정연은 예약석에 턱하니 앉았다. 아마 로열을 위한 예약석인 모양이었다.

"근데 재미있게 놀려고 하는데 로열이라고 티를 내면 오히려 불편하지 않아?"

자리를 찾아 헤매는 몇몇 사람들의 시선이 느껴져 한마디 했다.

"그냥 최소한의 배려일 뿐이야. 그리고 이 예약석 팻말만 없애면 우리가 누군지 아무도 신경 쓰지 않아."

그녀의 말이 끝나기 무섭게 수영장의 안전 요원 중 한 명이 다가와 팻말을 가져가 버리자 정말 다른 사람들과 구분될 것이 없었다.

"기우였네. 술 가져올게. 뭐 마실래?"

여자들은 두고 하루 동안 친구를 맺기로 한 사내와 바로 술을 가지러 갔다.

"근데 우리 간단히 통성명이라도 하자. 호칭이 없으니 뭐라고 불러야 할지 모르겠다."

"그러자. 난 민이라고 해."

"난민? 하하하! 농담이야. 그럼 난 철이라고 불러."

"썰렁하긴. 근데 혹시 너… 아, 아냐."

"뭐야? 싱겁긴."

"아니, 네 목소리가 너무 익숙해서 이상했는데 이름을 들으니 생각나는 사람이 있어서. 너 김철이지? 맞지?"

남자에게도 이렇게 인기가 많을지 몰랐다.

"확실해. 아까 조용하던 여자가 네 연인인 창천S&C의 류성은이고, 도도한 여자가 최……."

"누구인지가 뭐가 중요해."

가면 속의 얼굴을 들키고 나니 앞서 했던 행동들이 주마등처럼 스쳐 지나갔다. 그러나 쪽팔림은 잠시, 생각해 보니 딱히 부끄러운 짓을 한 적이 없었다.

"걱정 마. 여기에 초대된 사람치고 이곳에서 있었던 일을 주절거릴 사람은 없으니까."

"걱정 안 해. 내가 한 행동에 대해선 책임은 지는 편이거든."

"나만 너에 대해 아는 것이 불편한 건 아니고? 나도 말해줄까?"

"오늘 친구로 지내기로 했으니 그걸로 됐어. 우리 차례다."

긴 줄은 어느새 줄어들어 있었다.

맥주는 얼음이 든 양동이에 원하는 만큼 담아 갈 수 있었다. 그러나 양주와 일부 안주는 돈을 받았다. 물론 로열에게는 그마저도 공짜였지만.

나는 술과 안주를 잔뜩 들고 자리에 돌아왔다.

"건배!"

"건배!"

민은 최정연과 류성은을 보고 알은체할 법도 한데 계속 모른 척하며 자신의 파트너에게 집중했다.

나는 민과 합석을 한 채 공연과 수영장에서 벌이는 남녀들의 짓궂은 물장난을 보며 시원한 술을 들이켰다.

가지고 온 맥주와 양주를 반쯤 비웠을까. 공연이 끝이 나고 진행 요원들의 움직임이 바빠졌다.

그 모습을 본 최정연이 들고 있던 술을 단숨에 마시곤 자리에서 일어났다.

"앗! 여기서 나가야겠다. 얼른 일어나."

"왜?"

"수영장에 들어오고자 하는 사람들이 많아지면 강제로 수영장을 꽉 채운 후에 게임을 하거든. 설명은 좀 이따 해줄 테니까 나가자."

나와 류성은은 바로 일어났지만 무슨 행사인지 아는지 민과 그의 파트너는 미적거렸다.

우리가 말하는 동안 어디서 나온 진행 요원들인지 우르르 몰려와 테이블을 벽으로 밀고 술병들을 치웠다. 심지어 마시던 술병도 빼앗았지만 누구 하나 뭐라 하는 이들이 없었다.

"그럼, 기회가 된다면 또 보자."

그들을 내버려 두고 나가려고 하는데 입구에서 사람들이 우르르 들어왔다.

"아! 늦었다. 가급적 벽 쪽으로 붙어. 그리고 싫다는 의사는 손을 때리면……."

취이이이이이익!

최정연의 말이 끝나기 전에 뿌연 연기가 사방에서 나오기 시작했고 앞에 있는 사람마저 보이지 않게 되었을 때 안내 방송이 나왔다.

제5장

예정된 미래 II

"성은아! 옆에 있는 철이 손 잡아서 날 따라와."

최정연은 옆에 있는 류성은의 왼팔을 잡으며 연기가 나오기 전에 봐뒀던 벽 쪽으로 조금씩 움직였다.

"어떡해. 다른 사람이야."

짧은 순간에 김철을 잃은 모양이었다.

"신경 쓰지 마. 걘 알아서 할 거야."

김철이 정조 관념이 대단한 남자가 아니라는 걸 알았기에 상관없다고 생각한 최정연은 류성은을 잡고 벽까지 갔다.

"등을 기대고 있다가 더듬는 손이 있으면 가볍게 때려줘. 그럼 괜찮을 거야."

"도대체 무슨 게임이기에 이러는 건데?"

잔뜩 긴장한 듯한 목소리에 설명을 해주려는데 안내 방송이 그녀의 말을 강제로 막았다.

[수영장을 찾아주신 여러분, 지금부터 어떤 게임을 할지 잘 알고 계시죠?]

"네!!!!"

사람들의 목소리는 묘하게 흥분된 상태였다.

[지난번 행사에 십여 명의 부상자가 생겼다는 것도 알 겁니다. 그러니 가급적 현재 자리에서 움직이지 마시고 혹 위험하다 싶으면 앞에 보이는 수영장으로 들어가세요.]

갈수록 연기가 자욱해지면서 앞으로 뻗은 손마저 보이지 않는 수준이 되었다. 그러나 오직 한 곳, 풀장 바닥에서 빛이 올라와 풀장은 확실히 보였다.

[처음 온 분들을 위해 간단히 설명을 덧붙인다면 이 게임에서 가장 중요한 것은 최소한의 예의는 지켜야 한다는 겁니다. 저의 지시가 있을 때까지 절대로 옆의 사람을 더듬으면 안 됩니다. 또한 옆 사람이 손을 가볍게 치면 떨어져야 합니다. 만일 이 최소한의 예의를 지키지 않으면 이 파티에서 영구 추방입니다. 또한 자신이 한 행동의 책임 역시 져야 합니다. 여러분은 안 보일지 모르지만 저흰 볼 수 있으니 엉뚱한 생각은 안 하시는 게 좋을 겁니다.]

"이게 대체 뭐야?"

잠깐 방송이 안 나오는 틈에 류성은이 말했다.

"정신 나간 게임. 내가 왜 이 게임이 있다는 걸 생각 못 했는지……. 미안."

최정연은 남자혐오증이 있는 류성은이 이번 일로 증세가 더 심해지는 건 아닌지 걱정스러웠다.

'원래 이렇게 갑작스럽게 하지 않는 건데 왜……?'

의문이 생겼지만 이어지는 방송에 최정연은 왼손을 가슴 쪽으로 올렸다.

[자, 그럼 시작하겠습니다. 양손을 높이 들지 말고 옆으로 뻗어 옆에 누가 있는지 확인하세요. 양쪽 다 남자라면 얼른 자리를 바꾸세요.]

"이 게임 설마……!"

찰싹! 찰싹!

잡은 손으로 류성은이 연신 손을 놀리고 있음이 느껴졌다.

류성은 말고도 간간이 손을 치는 소리가 들리긴 했지만 이 게임을 즐기러 온 사람들이 많아서인지 거친 숨소리가 오히려 더 많았다.

'휴우~ 사람들이 더 몰려올 텐데 큰일이네.'

이제 시작이었다.

지금쯤 파티장 전체에 수영장 게임이 시작되었다고 알려졌을 것이고 많은 이들이 즐기기 위해 몰려오고 있을 터였다.

"저기……."

수영장 게임이 끝나고 입구로 나오는 사람들을 보고 있던 최정연은 뒤에서 들려오는 말소리에 와락 짜증이 솟구쳤다.

"됐으니까 그냥 가요!"

매몰차다고 할 만큼 싸늘한 반응에 남자는 움찔하곤 조용히 뒷걸음치며 사라졌다.

"앤 도대체 어디를 간 거야. 철이 앤 또 어디 갔고."

짜증의 원인은 오늘따라 유독 말을 많이 걸어오는 남자들 때문이기도 했지만 갑작스럽게 일어난 이벤트 때문에 류성은과 김철을 잃어버린 영향이 더 컸다.

최정연은 벌써 1시간 전에 수영장에서 빠져나왔었다.

그러나 수영장을 빠져나오는 도중, 갑자기 두 개의 손이 더 들어오는 바람에 화들짝 놀라 류성은의 손을 놓쳤다. 그리고 몰려드는 사람들 때문에 다시 그녀를 찾을 수 없게 되자 입구 방향을 가늠해 인의 장벽을 뚫고 나온 것이다.

일단 밖에 나온 그녀는 류성은이 걱정돼 다시 들어갈까도 했었다. 그러나 바로 옆에 있던 사람도 잃어버리는 마당에 들어가 봐야 별수 없다는 걸 깨닫고 류성은과 김철이 나오길 기다렸다.

한데 게임이 끝나고 서서히 사람들이 나오고 있는데 두 사람은 도무지 나오질 않았다.

혹시 다른 입구로 가지 않았을까 하는 생각이 없는 건 아니었지만 길이 어긋날 것 같아 계속 한자리를 지키고 있는데 그마저도 한계에 이르렀다.

"입구가 몇 곳이죠?"

진행 요원에게 물었다.

워낙 큰 수영장이라 입구가 여러 곳이라는 건 알고 있었다. 그러나 입장료를 받는 수영장이 아니었기에 경우에 따라 입구를 늘리기도 하고 줄이기도 했다.

"현재 안에 인원이 일제히 빠져나가고 있어 여덟 개의 입구를 모두 열어뒀습니다."

8개라면 다른 입구에서 기다릴 가능성이 높아 보였다.

"얼마나 빠져나갔나요?"

진행 요원은 이어폰을 이용해 진행팀에게 물어본 후 대답했다.

"4분의 3 이상 빠져나갔답니다."

4분의 3이면 빠져나갈 사람은 다 나갔다는 소리였다.

"고마워요."

최정연은 결국 왼쪽으로 한 바퀴 돌아보기로 했다.

움직이는 그녀를 물끄러미 바라보던 진행 요원이 뭔가를 보고했지만 최정연은 눈치채지 못했다.

"당연히 들어온 곳에서 기다려야 하는 거 아냐? 도대체 애들도 아니고."

최정연은 혹시 헤어질 때를 대비해 만날 장소를 정하지 않은 것이 자신의 잘못이라 생각하면서도 입으로는 두 사람을 탓했다.

"저기요. 혼자면 우리 수영장에서 술 한잔 어때요?"

"···일행 있어요."

걸어가는 와중에도 남자들은 계속 그녀에게 말을 걸어왔다.

가면을 쓰고 편한 티셔츠에 반바지를 입고 있었지만 연예계 생활을 하며 가꿔온 매끈한 몸매와 다리는 사내들의 관심을 끌기 충분했다.

"거기 몸매 쩍끈한 아가씨! 나랑 시원한 물이나 한잔할까?"

세 번째 입구를 지났지만 김철도, 류성은도 없었다. 더운 날씨에 걷다 보니 슬슬 짜증이 솟구치는데 또 다시 뒤에서 들려오는 어이없는 작업 멘트에 아무래도 따끔하게 한마디 해야겠다고 돌아섰다.

"···뭐야, 경호 오빠잖아?"

남자는 아래위로 가로 줄무늬 옷을 입고 있었는데 그 때문에 단번에 그가 누구인지 알 수 있었다.

"뭐야? 정연이였냐?"

"난 줄 모르고 말을 걸었는데 그렇게 작업 멘트를 했다고?"

마치 자신이 누구인지 모르고 말을 건 것처럼 말하는 태도에 최정연은 헛웃음을 터뜨렸다.

"쯧! 예나 지금이나 눈치는. 수영장 이벤트가 잘 끝났는지 확인하고 가려는데 네가 보여서 말을 걸었다. 됐냐? 근데 왜 혼자 걷고 있냐? 아직 남자 못 구했냐?"

"이벤트 때문에 친구들을 잃어버려서 찾고 있는 중이야."

"에이~ 다들 짝을 만나서 어딘가로 갔겠지."

"그런 애들 아니거든. 알지도 못하면서."

"아무리 순진해도 이벤트를 겪고 나면 분위기 때문이라도 따라가게 마련… 알았다, 알았어. 제발 그런 눈으로 보지 마. 근데 사람 찾는 거라면 도와줄 수 있는데 도와줘?"

헤어질 때—만남 자체가 짧고 딱히 사귄 적이 없어 헤어졌다고 말하긴 힘들지만—좋게 헤어진 게 아니라서 별로 상대하고 싶지 않은 사람이었지만 짜증 나는 일을 도와준다니 더 이상 떽떽댈 수 없었다.

"어떻게?"

"진행 요원들과 CCTV가 곳곳에 있잖아."

한경호는 옷장 열쇠에 달린 추적 장치로 파악한다는 얘긴 하지 않았다.

"그럼 성은이와 그 애인이 어디 있는지 알아봐 줄래?"

"류성은과 김철?"

"응."

"어떤 가면을 썼는지 말해줄래? 이거 잠깐 들고 있어, 전화하게."

한경호는 들고 있던 시원한 물을 최정연에게 건넨 후 전화기를 꺼내 들었다. 그리고 최정연이 말하는 가면의 특징을 똑같이 상황실에 전했다.

"류성은은 찾은 것 같다."

"어디래?"

"6시 방향에 있는 입구 앞이란다. 수영장을 가로질러 가는 편이 빠를 거야. 가자."

"…응."

왜 따라오느냐고 말하려다가 도움을 준 사람에게 할 말은 아닌 것 같아 그와 함께 수영장을 가로질러 6시 방향의 입구로 향했다.

"성은아!"

입구 앞에서 팔짱을 낀 채 서 있는 류성은이 보였다. 최정연은 냉큼 달려가 그녀를 껴안았다.

"미안. 내가 빨리 눈치를 챘어야 했는데. 아무 일도 없었던 거지?"

"일은 무슨……. 난 널 놓친 후에 바로 담 위로 올라갔었어. 널 찾았어야 했는데 연기 때문에 찾을 수가 있어야지. 오히려 내가 미안해, 정연아."

"아냐. 나도 널 찾다가 밖으로 나와서 끝나길 기다리고 있었거든. 그러다가 혹시나 싶어 한 바퀴 둘러보고 있었는데 경호 오빠가 도와줬어. 주최자거든."

"그랬어? 다행이다."

류성은은 한경호에게 살짝 고개를 숙이는 것으로 감사를 표했다.

"담을 넘다니 너답다. 한데 철이는 못 봤어?"

"응. 이쪽으로는 안 나왔어. 전화기가 없으니 참 답답하다."

가면파티는 촬영이 되는 물건은 어떤 것이든 반입이 금지였다.

"개야 워낙 능글능글하니까 천천히 찾아도 상관없을 거야."

최정연은 일단 류성은을 찾은 것에 만족했다. 그런데 류성은이 가늘게 떨고 있는 것이 보였다.

"어라. 근데 성은아, 추워? 몸을 이렇게 떨어?"

"…아, 아냐."

"아니긴, 눈에 보일 정도인데. 젖은 옷을 입고 있어서 그런가 보다. 이리 와."

최정연은 그녀를 데리고 수영장으로 들어가 옷을 구한 후 탈의실로 들어갔다.

"더운데 너까지 이런 옷을 입을 필요는 없어."

최정연이 구한 옷은 바람막이와 긴팔, 긴바지였고 류성은과 똑같이 입고 있었다.

"나도 추워. 자꾸 말 걸어오는 것도 싫고. 근데 넌 말 걸어오는 사람 없었어?"

"있었는데 한 번 거절하고 나니까 그다음부터는 없더라."

"그런 거절법 좀 배웠으면 좋겠다."

"난 그냥 조용히 말했을 뿐이야. 들고 있던 병이 깨지긴 했지만."

"나로서는 불가능한 일이네. 휴우~ 한경호 저 인간 한번 도와준 걸로 끈덕지게 달라붙을 것 같은데 어떻게 떼어내지?"

"네가 떼어내 줘?"

"됐어. 밖이라면 모를까 여기서 소란을 피우면 어떤 쪽으로든 곤란해질 거야."

"난 상관없는데……. 아! 우리 가면을 바꿔 쓸까? 철이를 찾는다는 핑계로 우리가 흩어지면 한경호가 날 쫓아올 거야. 곧 네가 아닌 걸 알겠지만 그땐 어쩌겠어. 안 그래?"

"호호호! 그거 좋은 방법이다. 만날 장소와 시간만 정해두면 다시 만날 수 있을 테고 말이야."

두 사람은 언제 어디서 만날지 정하면서 가면을 바꾸었다.

"참! 정연아, 옷장 열쇠 줘봐."

"그건 왜?"

"아무래도 한경호가 너의 위치를 찾은 것이 우연 같지 않거든. 내가 옷장 열쇠를 하나 더 가지고 왔으니 이걸 사용해."

"기집애. 넌 역시 용의주도해."

"네가 들고 있는 물도 줘. 근데 벗은 옷은 내버려 둬도 돼?"

"응, 알아서 치워줘."

류성은이 벗어둔 옷을 보고 말한 후 옷의 호주머니를 뒤졌다. 그리고 최정연의 옷에서 삐삐를 찾아냈다.

"아! 그걸 잊을 뻔했네. 고마워."

"웬 거야?"

"할아버지가 많이 편찮으셔서 언제 돌아가실지 모르거든. 여긴 전화기를 가져올 수 없어서 혹시 몰라서 챙겨 왔어. 나 가자."

두 사람이 탈의실에서 나오자 예상대로 한경호가 서 있었다. 최정연은 류성은에게 눈빛을 보낸 후 다른 방향으로 수영장을 빠져나갔다.

'역시 예상대로 성은이를 따라갔네. 그나저나 앤 어디로 간 거야. 혹시 클럽?'

류성은의 가면을 쓴 최정연은 걸음을 클럽으로 옮겼다. 한데 클럽에 거의 도착할 때쯤 오른쪽 호주머니에서 삐삐가 진동했다.

번호를 확인했다.

4444.

"…하, 할아버지……! 흑!"

4444는 돌아가셨다는 메시지였다. 삐삐로 계속해서 '4444'라는 메시지가 도착했고 그에 멍하니 서서 울던 최정연은 정신을 차렸다. 그리고 가면을 벗어 던지고 주차를 해둔 곳으로 달려갔다.

*　　　*　　　*

"봐, 없잖아. 내가 뭐랬어. 다른 곳에 가 있을 거라고 했지?"

자신을 소희라고 소개한 여자는 수영장 주변을 한 바퀴 돈 후에 말했다.

'기다리다가 실내로 들어간 건가?'

김철은 최정연, 류성은과 혹시나 엇갈릴까 봐 빠져나온 입구 쪽에 서서 이벤트가 끝나길 기다렸다. 한데 이벤트가 끝나고 한참이 지나도 두 사람이 나오질 않자 결국 끝까지 자리를 지키지 못하고 수영장을 한 바퀴 돌며 찾아보았다.

근데 역시 보이지 않았다.

'에이! 돌아다니다 보면 있겠지.'

수영장에서 빠져 나온 지 벌써 두 시간 가까이 지나고 있었다. 더워서 시원한 것이 마시고 싶었고 배가 고파서 뭐라도 먹어야 할 것 같았다.

"소희 씨 말처럼 어디 들어가 식사라도 하고 있나 보네. 나도 밥이나 먹고 다시 찾아봐야겠다. 오늘 여러모로 고마워."

"에엣? 그냥 가려고? 기껏 기다려 줬는데 사람이 무슨 매너가 그래?"

"이런 걸로 매너를 따지긴 좀……."

소희를 만난 건 수영장 이벤트를 할 때였다.

안내 방송에 따르면 옆으로 손을 뻗어야 했지만 김철은 그 말을 들을 생각이 없었다. 그러나 내가 하지 않는다고 내 주변에 있는 사람들도 가만히 있는 건 아니었다.

거친 남자들의 손은 거칠게, 부드러운 여자들의 손은 부드럽게 치며 거부를 하는데 몇 번을 쳐도 계속해서 방송에서 하라는 대로 하는 손길이 있었다.

그게 소희였다. 클럽의 비키니녀.

"진하게 키스까지 해놓고 그냥 가는 게 매너가 좋은 거니?"

나가려면 커플 흉내를 내야 한다고 해놓고 방심할 때 갑자기 키스를 한 사람이 이제 와서 책임을 지란다.

그렇다고 변명을 하자니 치사해 보인다. 그래서 거짓말을 하기로 했다.

"사실 내 얼굴 엉망이야. 보면 하고 싶은 마음도 없어질걸. 네가 워낙 친절하게 해줘서 특별히 말해주는 거야. 그러니까 얼른 가."

"얼굴 안 따져. 가면 쓰고 하면 되지, 뭐. 내 얼굴도 그리 예쁜 얼굴도 아니고."

건전한 생각을 가진 건지 내 말이 거짓말이라는 걸 아는 건지 외모는 따지지 않는다고 말했다.

'조루라고 말해봐?'

생각과 동시에 말했다.

"내가 고쳐줄게."

"……."

소희는 내가 어떤 말을 하든지 OK할 준비가 되어 있었다.

그러니 더 거짓말해 봐야 나만 이상한 놈 되는 거였다.

이럴 땐 사실을 애기하는 게 좋았다.

"애인한테 죄짓는 것 같아서 안 되겠다."

"오늘 밤 내내 있어달라는 것도 아니잖아? 잠깐만 놀다가 애인한테 가. 여기에 참석했다면 네 애인도 충분히 그럴 수 있어."

"…잠깐이면 곤란해."

나도 모르게 낮게 중얼거렸다.

사실 내가 소희랑 빨리 헤어지려는 이유는 말한 바대로 죄의식 때문이기도 했지만 더 큰 이유는 양의 조화가 깨져 양의 기운이 넘쳐나고 있었기 때문이었다.

아직까진 버티고 있지만 정말 짐승처럼 날뛸 수도 있었다.

"응?"

"아, 아무것도 아냐. 아무튼 난 배만 채우고 얼른 애인이나 찾아봐야겠다. 좋은 남자 만나 즐거운 밤 보내길 바랄게."

"같이 가. 여기 처음이라며? 밥 먹는 곳 알려줄게."

소희는 자존심이 없는 건지 또다시 졸래졸래 쫓아왔다.

한데 난 강하게 거절하지 못했다. 그녀에겐 미안하지만 참을 수 없는 상태가 될 때를 대비하기 위함이었다.

100평 남짓한 식당엔 절반쯤 사람들로 차 있었다. 꼼꼼히 훑어보지만 최정연과 류성은은 없었다.

다른 식당을 가볼까 싶었는데 에어컨 바람이 무거운 발걸음을 붙들었다.

"여기서 제일 맛있는 건 삼계탕이야."

"그런 것도 돼?"

"한정이긴 한데 아마 있지 않을까? 내가 알아볼게."

"아냐, 내가 할게."

"앉아 있어. 마실 건? 시원한 물? 아님 맥주?"

"맥주로 부탁할게."

부지런한 타입이라고 해야 할지, 아님 남자에게 잘하는 타입이라고 해야 할지, 그것도 아님 목적이 있는 건지 몰라도 소희는 뭐든 직접 하는 걸 좋아했다.

아까 기다릴 때도 더워 보인다며 음료수를 가져다줬었다.

잠시 후 그녀는 뚝배기 두 개가 올라가 있는 쟁반을 들고 희희낙락하며 왔다.

"히히히! 두 개 남았다고 해서 얼른 가지고 왔지롱."

"부르지 그랬어."

"별로 안 무거워. 잠깐만, 술도 금방 가져올게."

술을 가져온 후에도 수저와 냅킨을 챙겨 온다고 다시 한 번 갔다 온 후에야 자리에 앉았다.

"부담스럽게. 도와준다니까."

"이깟 일로 뭘. 정 부담스러우면 치우는 건 네가 하는 걸로 해."

"그렇게."

소희는 애인이 없었다면 천천히 알아가고 싶어지는 여자였다.

"삼계탕은 역시 술과 함께 마셔야 제맛이지. 원래는 소주가 좋긴 한데 시원한 맥주도 나쁘지 않아. 자, 한 번에 쭉 들이켜 봐. 원샷!"

병뚜껑까지 따서 주는 모양새가 마치 오래된 친구와 술을 먹는 기분이었다.

"원샷!"

병목끼리 부딪혀 가볍게 건배를 하고 난 술을 단숨에 들이켰다.

얼음처럼 차가운 맥주가 꿀꺽꿀꺽 목을 넘어갈 때마다 더위가 한 걸음씩 물러나는 느낌이었다.

"캬아~ 좋다."

지금까지 술을 마시면서 감탄사를 뱉은 적이 거의 없었는데 오늘은 절로 나왔다.

"나이를 떠나 우리 진짜 친구 할까?"

곰곰이 생각해 보면 지금까지 사는 동안 친구라고 할 만한 사람이 없었다.

친구라 부르는 사람은 많았지만 원수였거나 그냥 마땅한 호칭이 없어서 부르는 정도.

그나마 가장 친구처럼 지내는 류성은은 서로 양립할 수 없는 사이였고, 친구로 지내기로 한 신유리는 사라진 과거의 연인이었다.

세상을 참 헛산 것 같은 기분이 들었다.

"서로가 필요로 할 때 기꺼이 침대에 오를 수 있는 친구라면 환영해."

"구멍친구 말고 진짜 친구 하자고."

"네가 생각하는 진짜 친구가 뭔데?"

"글쎄……?"

설명할 길이 없었다. 아니, 하려면 할 수는 있었다.

단, 한 번도 연애를 해보지 못한 사람이 같은 처지의 사람에게 연애에 대해 장황하게 설명하는 것처럼 공허한 말이 될 것 같았다.

"휴우~ 됐다. 친구 하자고 친구가 되는 거라면 진즉에 친구가 있었겠지."

"네가 말하고자 하는 진짜 친구에 대해 어렴풋이 알 것 같아. 한데 슬퍼하지 마. 나도 아직까지 네가 말하는 진짜 친구는 없으니까. 누군가 그랬지. 일생 동안 한 명의 진정한 친구를 만들면 성공한 인생이라고. 아직 늦지 않았으니까 천천히 만들어봐."

"위로가 된다. 아무튼 술이나 마시자."

삼계탕을 식사 겸 안주 삼아 우리는 맥주를 마셨다.

네 병쯤 먹었을까 갑자기 머리가 핑 도는 느낌이 들었다.

'…뭐, 뭐야? 취한 건가?'

어린 시절부터 꾸준히 해온 호흡법과 수련 덕분에 아무리 말술을 먹어도 취해본 적이 없었다. 물론, 분위기상 취한 척을 한 적은 몇 번 있었다.

한데 파티를 시작할 때부터 마신 술을 전부 합쳐도 약주 4분의 1병과 맥주 10병 정도. 고작 그 정도였는데 세상이 천천히 도는 듯한 느낌이 들었다.

"…괜찮아?"

소희가 살짝 고개를 내밀며 물었다.

그 순간 내 눈은 그녀의 눈이 아닌 모아진 가슴골로 향했고, 코는 그녀의 육향을 맡았고, 귀는 그녀의 작은 숨소리를 들었다.

그와 동시에 단전 아래가 아플 정도로 부풀어 올랐다.

취한 게 아니라 양의 기운이 폭발 직전임을 깨달았다.

'하지만 이렇게까지 심한 적은 없었는데……'

당장 소희의 가슴을 움켜잡고 싶었는데 고작 그걸 참는 데도 손이 부들부들 떨리고 있었다. 게다가 의지완 상관없이 내 몸은 천천히 그녀를 향해 다가가고 있었다.

그뿐만이 아니었다.

머릿속으로는 이미 그녀의 옷을 찢고 섹스를 하는 장면이 그려지고 있었다.

이대로 있다간 식당에서 덮칠지도 모른다는 생각이 엄습했다.

"미, 미안. 나 일어나야겠어."

자리에서 일어났다. 얼른 최정연을 찾지 못하면 무슨 짓을 할지 몰랐다.

"갑자기 왜? 그럼 같이 가."

소희는 나가려는 내 팔짱을 끼며 따라왔다.

"안 돼! 떨어……!"

그녀를 떨어뜨리려고 내밀었던 손이 그녀의 살짝 갈색빛 도는 가슴을 움켜잡고 있었다.

본능은 이미 이성의 벽을 허물고 점점 잠식하고 있었다.

"…뭐야? 마음이 바뀐 거야? 요 옆에 준비된 침실이 있는데 갈까?"

천사, 아니, 악마의 속삭임이 이럴까.

그 목소리는 조금 남아 있던 이성마저도 송두리째 날려 버렸다.

아무런 생각이 나지 않았다. 오직 온몸을 태울 것 같은 열기를 얼른 해결하고 싶다는 생각밖에 없었다.

난 그녀가 이끄는 대로 걸음을 옮겼다.

"근데 철… 엽아, 저기 들어갈 때까지만이라도 이 손 잠깐만 쉬면 안 될까?"

조금 전까지 이성을 상실케 만들었던 소희의 말이 이번엔 약간의 이성을 돌아오게 만들었다.

"으, 응."

나도 모르게 계속 그녀의 가슴을 주무르고 있었던 모양이었다.

'근데 방금 날 철이라고……. 날 아는 건가?'

민에게 내 정체를 들킨 경험이 있어서 소희와 통성명을 할 때 염이라고 소개를 했었다.

'그딴 게 지금 무슨 소용이야! 빨리! 빨리! 이 열기를 없애고 싶어!'

만일 벽에 머리를 박아 이 열기를 없앨 수 있다면 당장 그렇게 하고 싶을 정도로 고통스러웠다.

"철아!"

다시 날 부르는 소리에 소희를 돌아봤다. 한데 그녀는 날 보고 있지 않았다.

입술을 꼭 깨문 채 계단 위에 바람막이 옷을 입고 날 보고 있는 여자를 보고 있었다.

"정연아!"

난 소희를 내버려 두고 최정연에게 다가갔다.

*   *   *

"더워."

류성은이 손을 부채처럼 부쳐보지만 가면을 쓴 얼굴이 시원할 리가 없었다.

그녀를 뒤따르던 한경호의 경우 최정연이 사라진 후 10분도 되지 않아 쫓아버렸다.

벌컥벌컥!

류성은은 가면의 입 부분을 떼어내고 이제는 조금밖에 남지 않은, 최정연에게서 받은 물을 남김없이 마셨다.

"물을 마셨는데도 어째 점점 더워지는 거 같아. 안 되겠다. 약속 장소로 가서 정연이를 만나고 빨리 집에 가야겠어."

류성은은 현재 그녀의 몸에서 일어나는 현상을 이해할 수 없었다.

열이 나는 것도 아닌데 몸이 뜨거웠고 알 수 없는 간질거림에 부르르 몸이 떨렸다.

경험이 없어 정확히 '이런 증상이다!'라고 말할 순 없었지만 김철을 보거나 생각할 때마다 그 증상이 급격히 심해지고 아래가 촉촉이 젖는 것을 볼 때 어떤 증상인지 짐작 가는 게 있었다.

'누군가를 마음에 뒀다고 이럴 수 있는 건가?'

경험이 없다뿐이지 상식은 있었다.

"아가씨! 혹시 혼자입니까?"

약속 장소로 정한 건물 계단에 앉아 있는데, 누군가가 어깨에 손을 올리며 말을 걸어왔다.

순간 하체의 힘이 쑥 빠지는 기분과 함께 남자의 손이 열기를 식혀준다는 느낌이 들었다.

스스로의 반응에 화들짝 놀란 그녀는 자리에서 일어나며 남자의 손을 꺾었다.

"악! 미, 미안해요. 나, 놔줘요."

"…조심해."

"아, 알았어요."

남자는 류성은의 눈빛에 뭐라고 할 엄두가 나지 않는지 어깨를 축 늘어뜨린 채 도망쳤다.

"빌어먹을! 이게 도대체 무슨……."

류성은은 무릎 사이에 얼굴을 묻고 자신의 몸에 일어나는 현상에 대해 알아내려고 노력했다. 그러나 평소 빠르게 돌아가던 두뇌가 뭔가 끼인 톱니바퀴처럼 돌아가지 않았다.

시간이 지날수록 나아지기는커녕 몸은 더욱 뜨거워졌고 머릿속은 온통 김철로 가득 찼다. 게다가 사춘기 때도 하지 않던 야한 생각이 그녀를 어지럽혔다.

"하아~ 앤 왜 이리 안 와."

만나기로 한 시간보다 10분이 더 지났음에도 최정연은 오지 않았다.

혹시 그녀가 오고 있을까 두리번거리는데 한 쌍의 남녀가 계단을 오르고 있었다.

수치심도 없는지 남자는 연신 여자의 가슴을 떡 주무르듯 주무르고 있었고 여자는 기분이 나쁘지 않은지 빙긋이 웃고 있었다.

평소였다면 인상을 찌푸리고도 남을 광경이었지만 왠지 여자가 부럽다는 생각마저 들었다.

'내가 정말 미쳤나 보다. 응? 저 가면은 분명……!'

스스로의 생각에 화들짝 놀라 고개를 돌리려는데 남자의 가면과 옷이 낯이 익어 자세히 바라보았다.

"…철아."

울컥 뭔가가 올라와 자신도 모르게 그를 불렀다.

한데 자신의 목소리가 작아 못 들었는지, 여자랑 얘기를 하느라 못 들었는지 김철은 자신을 쳐다보지도 않았다.

복잡한 심정에 두 손을 꼭 쥔 그녀는 다시 한 번 그를 불렀다. 이번엔 큰 소리였다.

"철아!"

여자가 먼저 반응을 보였다. 놀란 눈빛을 보이다가 곧 입술을 깨물었다.

다음 김철이 반응을 보였다. 초점이 없는 듯한 눈빛으로 자신을 바라보다가 순간 초점이 돌아왔다.

"정연아!"

그는 조금 전 여자의 가슴을 떡 주무르듯 했다는 것에 죄책감도 없는지 반갑게 다가왔다.

그리고 다짜고짜 덥석 안았다.

"난……!"

최정연이 아니라고 말하려는데 목에 뭔가 걸린 듯 나오지 않았다. 그리고 그가 말을 쏟아냈다.

"설명은 나중에 할게. 나 지금 온몸에 열기가 뻗쳐 죽을 지경이야. 그러니 얼른 안으로 들어가자."

"이, 이러지 마, 나, 난……."

그는 다짜고짜 류성은을 번쩍 안고 숙소로 지정된 건물로 들어갔다.

'정연이가 아님을 말해야 해. 말해야 하는데… 이러면……'

그가 안는 순간 지금까지 억누르고 있던 열기가 폭발했다. 그리고 힘없는 반항도 잠시 이성은 서서히 사라져 갔다.

*　　　*　　　*

최정연과 사랑을 나누고 있다.

내 허리 놀림에 맞춰 연체동물처럼 움직이는 그녀의 허리 놀림에 난 금세 절정으로 치달아 올라갔다.

"학!"

몸에서 뜨거운 열기가 빠져나가 최정연의 몸속으로 들어갔고 이성을 마비시키고 있던 짜릿한 쾌락이 절정을 찍고 빠르게 바닥으로 내려갔다.

잠시 그녀의 가슴에 얼굴을 묻고 숨을 골랐다. 벌써 몇 번째 절정인지 기억조차 나지 않았지만 아직 끝난 것이 아님을 알기에 한 행동이었다.

'온다!'

최정연의 몸속(?)에서 방금 내가 쏟아낸 열기만큼의 시원하고 음습한 기운이 내 몸으로 들어왔다. 그리고 몸을 맴도는 열기를 식혀줬다.

시원하고 음습한 기운이 폭우처럼 쏟아져 열기를 몽땅 식혀줬으면 했지만 등가교환처럼 돌아오는 기운은 언제나 내가 준 열기만큼밖에 되지 않았다.

신비한 경험이었다.

차가운 기운(음의 기운)이 몸에 남은 열기(양의 기운)와 섞일 때의 기분은 사정하는 순간의 쾌락과는 또 다른 쾌락을 안겨주었다.

'다시 시작이다.'

열기는 여전히 많았다. 얼마나 오랫동안 해야 하는지 모르지만 아마 밤새 사랑을 나눠야 할 것 같았다.

고개를 들며 다시 분위기를 만들기 위해 그녀의 가슴을 만지며 애무를 시작했다. 그리고 잠시 후 다시 뜨거워진 나는 서서히 움직였다.

'근데 정연이가 이렇게 근육이 많았던가?'

무릎을 구부린 자세로 최정연의 곧게 올린 양다리를 잡고 허리를 놀리던 난 문득 다리의 근육이 평소와 다르다는 걸 깨달았다.

'정연이 아니다?!'

잡고 있던 자리를 조심스레 양쪽으로 벌리고 연신 신음 소리를 내고 있는 여자의 얼굴을 확인했다.

"……!!! …네가, 네가 왜 여기에?"

류성은이었다.

너무 놀라 몸을 뒤로 빼려고 하는데 어느새 류성은의 다리가 내 허리에 옥죄고 있었다.

"놔! 놓으란 말이야!"

빠져나오기 위해 발버둥 치려 했다. 그러나 입과 달리 몸은 내 의지대로 움직여지지 않았다. 내 몸은 류성은을 여전히 탐닉하고 있었다.

'사정하면 안 돼! 내가 죽는다고!'

시간이 지나자 말도 나오지 않았다. 외침은 묻혔고 난 서서히 류성은의 몸속으로 녹아들어 갔다.

"안 돼~~~!!!"

죽을지도 모른다는 공포감이 목소리를 깨웠다. 그리고 눈을 떴다.

류성은이 아닌 석도민의 얼굴이 보였다.

꿈을 꾼 모양이었다.

"무슨 꿈을 꿨기에 그래? 식은땀 흘린 거 봐. 시원한 물이랑 수건 갖다 줄게."

"…시원한 건 싫어."

"알았다. 따뜻한 것으로 갖다 주마."

시선을 가리고 있던 석도민이 사라지자 높디높은 천정에 매달린 조명들이 보였고 그제야 현재 있는 곳이 광고 촬영을 위해 온 스튜디오임을 떠올릴 수 있었다.

가면파티가 있었던 것도 벌써 한 달 전.

4회 연장 방송이 결정된 드라마 '내 심장속의 그대'가 이틀

전에 끝났고 나는 어제부터 광고를 찍고 있었다.

'가면파티 때 뭔가 잘못된 게 틀림없어.'

오늘처럼 길고 자세하진 않았지만 몇 번째 비슷한 꿈을 꾸고 있었다. 그저 피곤해서 그런가 보다 했는데 이젠 아니었다.

"헉헉! 자, 수건이랑 따뜻한 커피."

석도민은 얼마나 서둘렀는지 거친 숨을 몰아쉬고 있었다.

"…형."

"응? 뭐 필요한 거 있냐?"

"응. 오늘 촬영 더 이상 못 하겠다고 전해줘."

"가, 갑자기 왜? 어디 가는데? 두세 컷만 찍으면 끝나는데 찍고 가! 내일 스케줄은 어쩌려고!"

그의 말을 무시하고 밖으로 나왔다.

해가 뜨기 전에 촬영장에 왔는데 해가 지고 네온사인들이 하나둘씩 켜지고 있었다.

'분명 그날 내가 정신을 잃기 전에 같이 있던 사람도 이소희였고 눈을 떴을 때 침실에 같이 있던 이도 그녀였어.'

가면파티 다음 날, 잠에서 깬 나는 최정연이 아닌 이소희가 옆에 있다는 것과 촬영 시간에 늦었다는 것 때문에 꽤 당황한 상태였다.

깊이 생각하고 말 것도 없이 파티장을 빠져나오기 바빴고 이후엔 최정연의 할아버지인 최만수 옹이 돌아가셨다는 소식과 드라마 촬영 때문에 바쁘게 지내느라 딱히 생각하지 않고 있었다.

한데 지금 곰곰이 되짚어보면 이상한 점이 있었다.

선명하진 않지만 중간에 분명 최정연을 만난 기억이 있었다.

'하지만 정연인 할아버지가 죽었다는 메시지를 받고 파티장을 떠났다고 했었어.'

촬영 중간에 빠져나와 장례식장을 찾았을 때 길게 얘기하지 못했지만 최정연은 분명 그렇게 말했었다.

그땐 행여나 이소희와의 일을 최정연에게 들킬까 두려워 의문을 느낄 틈도 없었다. 한데 지금 생각하니 왜 그냥 넘겼는지 의아할 정도였다.

'사라진 기억을 알아야 해.'

알 만한 사람이 있었다.

—어머! 이게 누구야? 연락이 없어서 친구 한 명 잃었나 싶었는데. 웬일이야?

"시간 되면 얼굴이나 봤으면 해서요."

최만수의 장례식장에서 이소희를 다시 봤는데 그때 그녀에 대해 많은 걸 알 수 있었다. 그녀는 나보다 네 살 위였다.

—풉! 친구로 전화한 건 아닌 모양이네. 어디야?

"지하 주차장이요."

—우리 백화점? 일단 중앙 엘리베이터 타고 끝까지 올라와. 사람 보낼게.

그녀의 말대로 엘리베이터를 타고 올라가자 여직원이 기다리고 있었다.

직원의 안내한 곳은 사무실이 아닌 옥상에 있는 개인용 휴게실이었다.

"어서 와. 마침 저녁때라 같이 식사나 하자고 여기로 정했어. 삼계탕 괜찮지?"

이소희는 단정한 정장 차림으로 반겨주었다.

나는 고개를 끄덕이며 그녀의 맞은편에 앉았다.

"친구가 필요해서 온 것 같진 않고. 무슨 일이야?"

"가면파티 그날 일을 자세히 알고 싶습니다."

"그날? 다른 건 몰라도 네가 날 거칠게 대한 건 기억난다. 그 때문에 여름 내내 답답하게 옷을 입고 다녔어야 했거든."

그녀의 목과 가슴에 전문용어로 쪼가리 썹힌 자국, 키스마크가 잔뜩 나 있었던 게 기억났다.

"미안합니다."

"됐어. 나쁘지 않았거든. 근데 친구라면 모를까 얘기해 주고 싶지 않은데?"

"……."

"호호호! 농담이야. 궁금한 점에 대해선 말해줄 테니 대신 너도 말 편하게 해. 괜히 높임말을 들으니 내가 나이 들어 보이잖아."

"그럴게."

지금 내가 원하는 것을 듣기 위해서라면 뭐든 할 수 있었다.

"솔직히 말할게. 사실 나 그날 일이 잘 기억이 나지 않아. 삼계탕을 먹고 너랑 숙소로 가기로 한 때까지와 아침에 깨어났을 때 너랑… 하고 있었던 것이 기억의 전부야."

"이런, 내가 기억이 나지도 않을 만큼 별로였어?"

"아니, 좋았어. 늦었는데도 한 번 더 안았을 만큼."

"그랬어? 어쩐지 마지막에 엄청 부드럽더라. 알고 싶은 게 나랑 몇 번 했는지는 아닐 테고. 기억나지 않은 부분을 설명해 달라는 거야?"

"응. 중간에 정연이를 만난 것 같은데 진짜인지 착각인지 궁금해."

"…글쎄, 정연이를 만났었던가? 나도 그날 술이 좀 과해서 기억이 가물가물하네."

이소희가 순간 주춤거리는 놓치지 않았다. 거의 티가 나지 않았지만 지금 난 무척 예민한 상태였다.

"마약을 사용한 것 때문에 말하기 곤란한 거라면 신경 쓰지 마. 호기심 삼아 안 해본 건 아니니까. 있었던 일을 알고 싶은 거지 밝히려는 건 아냐."

경험상 호흡법의 부작용이 심하다고 해도 정신을 잃고 여자를 탐할 정도는 아니었다.

그렇다면 누군가가 최음 효과가 있는 마약을 썼을 가능성을 배제할 수 없었다.

"……"

"도대체 얼마나 많이 쓴 거야? 혹 네가 썼다면 다음부터 그 정도로 쓰지 마. 죽을 수도 있었어."

이소희가 말을 할까 말까 고민을 하는 것 같아서 아예 단정을 짓고 말했다.

"휴우~ 미안. 약효가 없는 줄 알고 세 캡슐을 사용했어. 그리고 마약은 아냐. 단지 침실에서 사용하면 더 기분을 좋게 하는 효과가 있는 약이라고 했어."

"어떤 놈이 팔면서 그랬는지 몰라도 상종하지 마. 그런 약이 바로 마약이니까. 다시 한 번 물을게. 난 밤새도록 너랑 같이 있었지?"

"…아니."

머릿속에 생각하고 있는 일에 한 걸음 성큼 다가가는 것 같아 심장이 털컥 내려앉았다.

"그럼?"

"중간에 정연이를 만났어."

순간 안도가 되었다. 그러나 이어지는 그녀의 말에 다시 나락으로 떨어졌다.

"넌 정연이라 확신한 모양이던데 내가 보기엔 정연이가 아니었어."

"…그럼?"

"너의 공식적인 애인."

이소희가 우리들의 관계를 눈치챈 것 같았지만 이제 그건 전혀 중요한 얘기가 아니었다.

"…확실해?"

"네가 정연이라고 부른 여자와 함께 숙소로 들어간 후에 나름 알아봤어. 정연이의 가면을 쓰고 정연이의 키를 가지고 있었지만 정연이가 아니었어. 왜냐하면 그녀는 이미 파티장을 떠났었거든."

"그럼 어떻게……?"

"네가 깨었을 때 내가 있었냐고? 새벽 4시쯤 네 애인이 떠난 후 들어갔어. 자존심 때문인지 몰라도 너랑 꼭 해야겠다는 생각이었거든."

"……!"

너무 큰 충격을 받으면 오히려 반응도 못 하고 멍해진다더니 지금 내가 딱 그랬다.

아무 생각도 나지 않았다. 테이블의 나무 무늬만 뚫어져라 바라볼 뿐이었다.

그리고 텅 빈 머릿속에서 떠오르는 한 가지 생각.

'임신을 했을까?'

내가 본 미래대로라면 임신이 되지 않았어야 정상이었다. 그러나 알 수 없었다.

과거의 나는 분명 미래가 바뀌었다고 말했다. 그리고 그가 말하고자 했던 미래가 바로 현재 상황인지 몰랐다. 아니, 느낌 상 틀림없었다.

'빌어먹을! 이렇게 된 이상 확인해 보는 수밖에 없어.'

최후의 순간까지 아끼려고 놔뒀던 에너지를 사용해야 할 때가 왔음을 직감했다.

이 순간마저 과거의 내가 의도한 대로 흘러가는 것이 아닌가 하는 생각도 들었지만 선택의 여지가 없었다.

"솔직히 말해줘서 고마워."

왜 마약을 먹였냐고 화를 낼 수도 있었다. 그러나 화를 낸다고 문제가 해결될 수 있다면 백 번이라도 그렇게 했을 것이다.

"…가려고? 먹고 가지?"

때마침 삼계탕이 나왔지만 먹을 기분이 아니었다.

"입맛이 없네. 그리고 한동안 삼계탕은 못 먹을 것 같아."

"내가 뭔가 꼬이게 만든 것 같은데, 미안."

"괜찮아. 대신이라고 하긴 뭐하지만 이번 일은 혼자만 알고 있어줘."

"나 역시 부끄러운 짓이었어. 그런데 어디 가서 가십거리마냥 말할 수 없지. 그리고 정연이에게 사과하려면 빨리 하는 게 좋을 거야."

"무슨 말이야?"

"정연이가 며칠 전에 그날 일에 대해 물으러 왔었어. 난 모르는 일이라고 잡아뗐지만 어느 정도 알고 있는 눈치였어."

"정연이가? 뭐라고 했는데?"

"그날 너와 류성은의 CCTV 기록을 보여줄 수 있냐고 물었어."

최정연도 낌새를 눈치챘음에 틀림없어 보였다.

머리가 아파왔다. 지금으로서는 무슨 말을 어떻게 해야 할지 감조차 잡히지 않았다. 근데 끝이 아닌지 돌아서려는데 말을 이었다.

"참! 너 이혜린이라고 알아?"

"이혜린? 약간……."

"내가 너희 방 근처에서 기다리고 있을 동안 주위를 어슬렁 거리더라고. 나와 눈이 마주치자 도망치듯 가버렸는데 나중에 CCTV를 확인하니까 숙소 앞에서 밤새도록 서성거리더라고."

"휴우~ 정말 가지가지 하는군."

"무슨 일인지 모르지만 조심해. 소문에 걔 제정신이 아니라고 하더라."

너도 마찬가지라는 말이 목구멍까지 올라왔지만 미안함 때문에 이런저런 얘기를 해주는 이소희에게 할 말은 아닌 듯했다.

"삼계탕 생각나면 언제든 연락해!"

문을 열고 나오는데 이소희가 큰 소리로 외쳤다. 난 그저 손을 들어주는 걸로 대답을 대신했다.

그리고 엘리베이터를 기다리며 중얼거렸다.

"삼계탕이 좋아질 때쯤이면 이미 난 이 세상 사람이 아닐 거야."

과거의 나는 자신의 존재가 사라지는 시기를 정확히 알고 있었다.

예측건대, 그가 가진 좋은 능력들은 나에게 전달되지 않았지만 죽음을 예측하는 능력만큼은 전달된 듯 보였다.

지금 난 내 생명이 얼마 남지 않았음을 어렴풋이 느끼고 있었다.

제6장

인생을 바꿔라

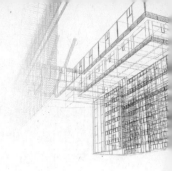

　미래로 에너지를 보내기 위해 서둘러 집으로 돌아왔는데 대기실에 기다리고 있는 사람이 있었다.

　최정연이었다.

　"…촬영장 갔는데 없더라. 그래서 왔어."

　그녀의 표정은 침착함을 넘어서 슬퍼 보였고 무척이나 할 말이 많아 보였다.

　한데 난 말할 기분이 아니었다.

　"무슨 말인지 모르지만 내일 하면 안 될까? 좀 피곤하기도 하고……."

　"왜? 소희 언니랑 뒹굴고 오기라도 한 거야? 아! 위치 추적

어플 때문이라고 오해하지 마. 우연히 물어볼 것이 있어 갔다가 네 차가 있는 걸 본 것뿐이니까."

놀라기도 했지만 그보다는 가슴이 아픈 말이었다.

지금까지 그녀를 좋아하긴 하지만 마음만 먹는다면 헤어질 수도 있다고 생각하고 꼴리는 대로 행동했던 것이 후회될 만큼 찌릿했다.

그러나 그 찌릿함이 해야 할 일을 멈추게 할 만큼은 아니었다.

"흥분한 것 같은데 내일 얘기하자. 네가 말하고자 하는 일이 뭔지 알겠어. 납득할 수 있을 만큼 충분히 설명할게."

"지금 말해."

"정연아, 그러지 말고……."

"이 손 치워!"

"…큭!"

최정연의 어깨를 잡으려 했지만 그녀는 손을 휘두르며 강하게 거부했고 재수 없게 그녀가 낀 반지에 얼굴이 긁혔다.

"아! …괘, 괜찮아? 고의가……."

화를 내던 최정연은 당황했고 내 뺨에 손을 대려 했다. 그러나 이번엔 내가 피했다.

꽤 깊고 길게 긁혔는지 피가 제법 흘렀다.

계속된 촬영에 잠도 부족해서인지, 갑자기 알게 된 사실에 머리까지 복잡해서인지, 아님 나를 이해해 줄 거라고 생각했던 최정연이 삐딱하게 굴어서인지 갑자기 짜증이 솟구쳤다.

그래서 해서는 안 될 말을 했다.

"그래! 소희랑 자고 와서 피곤해!"

"……!"

"너나 나나 요조숙녀, 성인군자로 살아온 것도 아니잖아. 근데 왜 이깟 일로 사람 피곤하게 만드는 건데!"

"너… 너……."

최정연은 당장에라도 울 것 같은 얼굴로 말도 제대로 하지 못하고 있었다.

그러나 폭발한 내 눈엔 그마저도 짜증스럽게 느껴졌다. 그녀 때문에 생긴 짜증이 아니라는 걸 알면서도 난 멈추지 않았다.

"네가 전에 그랬었지. 싫어지면 말하라고. 말할게. 싫어졌어. 그러니 제발 내 앞에서 좀 꺼져주라!"

결국 최정연의 눈에서 눈물이 떨어졌다. 그러곤 입술을 깨물며 손을 휘둘렀다.

빤히 보였지만 그대로 있었다.

그러는 편이 이 피곤한 상황이 빨리 끝날 것 같았기 때문이었다.

짝!

이를 악물고 때린 것치곤 아프지 않았다.

"…나쁜 새끼! 내가 지금까지 막 살아온 게 얼마나 미안했는데……. 꼭 그런 부분까지 건드려야 속이 시원하니? 그리고 내 둘도 없는 친구와 내가 사랑하는 사람이… 피치 못할 상황이라고 해도 같이 잤다는데 불만도 표하지 못해?"

"……"

"성은이고 너고 죽여 버리고 싶을 만큼 미칠 지경인데 핑계라도 듣고 싶었어. 미안하다는 말 한 마디 듣고 싶었어. 그러면… 아무리 미워하려 해도 미워지지 않는 널 용서할 핑곗거리라도 생기니까. 근데 가라고? 이제 내가 싫어졌다고? 네가 어떻게… 흑!"

최정연은 날 붙잡고 울었다. 지금이라도 붙잡아달라는 듯 울었다.

달래야 하나 말아야 하나 고민이 되었다. 그렇지 않아도 충분히 복잡한 머리가 터질 지경이었다.

그러나 죽느냐 사느냐가 달린 일에 사랑 타령 따위 하고 있는 것도 우스웠다.

"…지겨워."

"뭐……?"

"지겹다고! 사과를 듣고 싶었다고? 미안해! 됐어? 그리고 용서하지 않아도 돼. 아니, 절대 용서하지 마. 그러니 제발 좀 가!"

버럭버럭 소리를 질렀다.

이 빌어먹을 상황이 제발 끝나기를 바라며, 제발 나에게 생각할 시간을 주길 바라며.

최정연은 힘없이 고개를 숙인 후 터덜터덜 문 쪽으로 향했다.

'드디어 끝난 건가?'

정신이 걸레처럼 너덜너덜해졌다. 그리고 더 이상 말하기조차 힘들 정도로 피곤했다.

문을 열고 나가려던 최정연이 걸음을 멈춘 채 한참 망설이다가 돌아섰다.

"…흑흑! 미안해, 철아. 한데… 나 잡아주면 안 돼? 사과하지 않아도 돼. 그냥… 그냥… 예전처럼 웃으며 날 사랑한다고, 한 번만 안아주면 안 돼?"

"싫어! 그만 가!"

난 잔인했다.

짐승이 그러하듯 쓰러진 자를 가엽게 여기고 일으키기보단 목줄을 물어뜯는다.

후회할 걸 알면서도.

돌아섰다. 우는 모습도 보기 싫었고 우는 소리도 듣기 싫었다.

엘리베이터에 올라타고 나서야 짜증이 가라앉고 후회의 감정이 급속도로 퍼졌다. 그리고 후회의 감정을 숨기기 위해 거짓된 분노를 폭발시켰다.

"씨발!"

팍! 쨍그랑!

거울은 산산조각 났고 내 주먹에서 피가 흘렀다.

만일 미래로 가야 한다는 생각이 없었다면 술에 떡이 되도록 술을 마셨을 것이다.

내 얼굴과 손을 보고 호들갑을 떠는 엄옥당을 뒤로하고 방으로 들어온 난 침대에 누웠다.

마음을 진정시켜 보려 하지만 쉽지 않았다. 그러나 눈을 감고 가만히 누워 있자 천천히 진정이 되었다.

'용서해 줄지는 모르지만 내일 가서 손이 발이 되도록 빌어야겠어.'

조금만 참았으면, 아니, 시간을 할애했다면 지금보다 더 빨리, 더 좋은 기분으로 미래에 에너지를 보낼 수 있었을 것이라는 생각이 들었지만 늦은 후회였다.

길게 심호흡을 하고 마지막 남은 에너지를 뽑았다.

잠시 파티 날로 가서 류성은과 자지 못하게 만드는 게 낫지 않을까 하는 생각도 들었지만 결국 미래를 보기로 결정했다.

'뭐야? 시간의 흐름이 왜 이래?'

하늘로 올라갔다가 끌림을 이용해 시간의 흐름으로 내려온 나는 깜짝 놀랐다.

대략 내일부터 2015년까지의 미래는 수많은 크고 작은 소용돌이가 맴돌고 있어 접근하기도 힘들 정도였다.

어디로 갈까 고민했지만 마지막 여행이라는 생각에 위험해 보이는 2015년 이전의 미래보단 안전해 보이는 이후의 미래로 가는 게 나을 것 같았다.

흐름에 몸을 맡겼다.

대한민국의 미래가 아닌 내 미래를 보러 왔기에 2019년으로 스며들었다.

장소는 신문사 연예부, 30대 중후반의 기자 중 한 명에게 빙의를 했다.

인터넷 창이 열려 있었기에 '류성은 임신'을 치고 검색만 하면 됐다.

류성은 임신 관련 기사는 전혀 없었다. 이번엔 내 이름으로 검색했다.

'어라? 시간의 흐름도 이상하더니 기사도 이상하네?'

나와 관련된 기사가 순간순간 바뀌고 있었다.

지금까지 미래를 꽤 많이 다녀봤지만 지금과 같은 현상은 한 번도 없었었다.

'아! 이건!'

곰곰이 변화하는 기사를 바라보던 난 조금 전 보았던 시간의 소용돌이와 연계해서 과거의 내가 말했던 '미래가 바뀌었다'는 말과 '오류'라는 말을 정확하게 이해할 수 있었다.

'과거의 나에게서 메시지를 받기 전까진 내 미래는 정해져 있었구나. 그러니 아무리 바꾸려고 해도 소용이 없었지. 이제야 모든 게 이해가 돼. 그리고 그가 자신이 오류라고 말했던 건 내가 시간 속의 오류라고 말하고 싶었던 거야. 시간은 오류를 수정하려고 오류의 미래를 고정해 버린 거고.'

시간이 오류를 어떻게 처리하는지 알고 나니 신유리와 방찬희가 사라진 시간을 기억하는 것도 이해가 되었다. 과거의 내가 더 이상 과거를 바꾸지 말라고 경고를 한 것이 분명해 보였다.

또한 내 에너지를 강제로 사라지게 만든 것도.

'그리고 정확한 길로 왔다는 건 내가 드디어 미래를 바꿀 수 있는 기회를 잡았다는 뜻이었고!'

생각의 물꼬가 터지자 술술 풀려나갔다.

단 하나를 제외하곤 말이다.

오래전에 풀렸다고 생각한 내 인생을 살라는 건 오히려 모르게 되어버렸다.

순간순간 바뀌는 기사를 더 이상 이상하게 보이지 않았다. 오히려 기회라고 생각하고 더욱더 주의 깊게 바라보았다.

미리보기로는 읽을 수가 없을 정도였기에 아무거나 클릭했다.

'이번엔 시간이 바뀐다!'

기사 내용을 보자 사망 일시와 병명 따위를 적은 글만 연신 바뀌고 있었다.

내가 죽을 날이 정확하게 정해지지 않았다는 것을 나타내는 것 같아 순간 기분이 좋았지만 사망 일시의 변화를 유심히 바라보다가 힘이 쭉 빠졌다.

사망 일시의 변화 폭은 2014년 10월 4일부터 2015년 4월 7일까지였다.

'내가 착각한 건가?'

방금 전에 품었던 희망이 더 큰 절망으로 변해 나를 무기력하게 만들었다.

사망 일시가 한 달 후라는 거는 수긍할 수 있었지만 내년 4월이라는 건 무슨 일이 있다고 해도 죽는다는 사망 선고처럼 느껴졌기 때문이었다.

'포기하지 마! 포기하지 마!'

주문이라도 되는 듯 중얼거리며 다른 기사들을 클릭해 나갔다.

사망 일시는 처음 본 기사와 다를 바 없었다. 다만 기사마다 조금씩 다룬 내용이 달랐는데 우연히 본 기사 내용에 눈을 뗄 수가 없었다.

—…사망한 톱스타 김철 씨는 지난 달(해) 9월 3일 자살한 배우 최정연 씨와 사귀는 사이였던 것으로 알려졌다. 평소 그녀의 죽음에 괴로워하던 김철 씨는 다량의 니코틴을……

'9월 3일? 오늘이 며칠이었지?'

머릿속이 하얘졌다.

아까 뒤돌아서기 전에 사랑한다고 말해달라고, 한 번만 안 아달라고 하던 모습이 심장을 찔렀다.

"아, 안 돼!"

나는 기자와 연결을 끊어버리고 침대에서 벌떡 일어났다.

"형님, 치킨하고 맥주 사 왔는데……"

막 퇴근하고 들어오는 석훈을 지나쳐 바로 주차장으로 달려갔다.

"제발… 정연아, 제발……"

차를 출발시키며 1번을 길게 눌러 전화를 걸었다.

평소 그녀에게 전화를 걸 때 간혹 끝까지 들었으면 했었던 컬러링이 지금은 당장 끊어지고 최정연의 목소리가 들려오길 바랐다.

"받아줘. 제발! 받아! 받아! 받으라고!"

노래가 끝나고 음성 사서함으로 넘어갈 때까지 전화를 받지 않았다.

끼이이익! 쾅!

길거리에 주차된 차를 박았지만 개의치 않고 달렸다.

그녀의 집까진 20분이면 갈 수 있는 거리였다. 한데 오늘따라 한없이 멀게 느껴졌다.

최정연이 전화를 받지 않아 류성은에게 전화를 걸었다. 신호음이 끊기자마자 소리쳤다.

"지금 어디야!"

―…회산데. 왜?

"지금 정연이가… 정연이가……."

목에 걸린 듯 말이 나오지 않았다. 목소리에서 뭔가 이상하다고 느꼈는지 류성은이 다급하게 물었다.

―정연이가 왜? 무슨 일인데?

"…아까 싸웠는데… 연락이 안 돼."

―그래서 아까 그렇게 전화를 한 건가…….

"언제였는데?"

―…40분 전쯤. 하지만 일이 있어서…….

류성은도 최정연을 피한 게 틀림없었다.

전화를 끊고 다시 최정연에게 전화를 걸며 차를 몰았다.

'제발! 제발! 제발!'

최정연의 아파트에 도착한 나는 내려오는 엘리베이터가 늦다고 생각해 계단을 오르며 빌고 또 빌었다.

빌어먹을 미래가 바뀌길, 정해져 있지 않길.

"정연아! 정연아!"

현관을 들어선 나는 방문들을 열며 큰소리로 그녀를 불렀다.

당장에라도 나와서 왜 이렇게 소란스럽게 구느냐고 큰 소리로 말해줬으면 하는데 아무런 반응이 없었다.

'물소리!'

그녀의 방 욕실 문고리를 잡은 난 쉽게 열지 못했다.

이미 달려올 때부터 알고 있었는지 모른다.

순간순간 변화하는 기사에서 그녀가 죽은 날은 변화가 없지 않았는가.

힘겹게 손잡이를 누르며 문을 열었다.

붉은 물로 가득한 욕조에 누워 있는 그녀.

방금 전까지 그녀 몸에 있었을 뜨거운 피가 욕조를 넘쳐 하수구로 사라지고 있었다.

"…정연아."

그녀는 잠을 자듯이 누워 있었다.

새빨간 욕조의 물에 대비해 더욱 하얘진 얼굴이 너무나 편해 보였다.

물을 잠그고 가만히 그녀의 목에 있는 맥을 짚었다.

잃고 난 다음에야 소중함을 안다고 했던가.

그랬다. 난 최정연을 잃고 그녀를 사랑하고 있었음을 깨달았다.

"…장난치지 마. 이젠 에너지도 없단 말이야. 구하고 싶어도 구할 수 없단 말이야……. 그러니 제발 일어나. 일어나 주라, 정연아! 으흐흑! 흑흑흑!"

눈물이 하염없이 쏟아져 내렸다.

*   *   *

사랑하는 사람을 잃은 기억은 있지만 직접 겪은 건 난생처음이었다.

처음은 언제나 그렇듯이 뼈아팠다. 특히 그게 나 때문에 발생한 일이라는 자책감은 내 삶을 망가뜨리기에 충분했다.

최정연이 남긴 유서 덕에 귀찮은 일은 없었다.

그러나 마지막 복수를 하고 싶었을까. 그녀는 유서에 사랑해 줘서 고마웠다는 말을 남겨 내 마음을 찢었다.

일주일간 실컷 울고 나니 더 이상 눈물이 나오지 않았다. 그렇다고 슬픔이 줄어든 것은 아니었다.

또한 나는 그 어느 때보다 열심히 일했다.

그저 가만히 있는 것보단 움직이는 것이 잠시라도 나았기 때문이었다.

"맡아줘서 고마워."

난 국민희망재단의 이사장 임명장을 허진경에게 넘기며 말했다.

"제 나이에 이만한 재단의 이사장이 되는 일인데 제가 감사해야죠."

그녀와 잠을 자지 않았는데도 그녀는 다시 높임말을 썼고 이사장직을 수락했다.

현재 내 상황을 알고 하는 배려일 터였다.

"마음속으로 싫어하는 거 잘 아니까."

"이사장의 권한을 이용해 제 부를 축척할 거니까 괜찮아요."

허진경은 웃으라는 듯 너스레를 떨며 얘기했지만 난 그저 눈웃음만 보여줄 수밖에 없었다.

　"허락할 테니까 그렇게 해. 참! 이건 그동안 고생했다고 주는 보너스."

　"뭐예요?"

　"비자금 중 일부. 결혼 축의금을 겸해 주는 거니까 나중에 결혼식에 못 간다고 욕하진 마."

　"마치 멀리 떠날 사람처럼……. 근데 뭐가 이렇게 많아요?"

　"허 실장, 아니, 허 이사장이 나에게 해준 것에 비하면 많지 않아. 그럼 고생해. 난 갈게."

　손을 흔들고 나가려는데 그녀가 날 불렀다.

　"철아."

　작별 인사를 했으니 사적인 자리라고 생각하는 모양이었다.

　"네, 누나."

　"기다려도… 안 되겠지?"

　"그러지 마세요. 누난 좋은 여자니까 좋은 남자 만날 겁니다."

　"다음 생에도?"

　소녀 감성은 어쩔 수 없는 모양이었다.

　"다음 생엔 제가 목숨을 바쳐야 할 사람이 있을 것 같아서요. 다다음 생에 대해선 묻지 마세요. 그땐 근사한 하룻밤을 보내요."

"…그래."

빙긋 웃어줬다.

우는 표정을, 혹은 절망한 표정을 마지막으로 남기고 가면 남겨진 사람이 얼마나 아플 것인지 알기에.

국민희망재단을 나오자 해가 지고 있었다.

저녁은 온전한 나만의 시간으로 속죄의 시간이기도 했다.

속죄를 하기엔 술집만 한 곳이 없었다. 속죄를 하는 내 마음도 조금은 달래야 하지 않겠는가.

딱히 장소를 가리지 않았다. 눈에 띄는, 적당히 조용한 곳 같으면 들어가 술을 마시다 시끄러워지면 나와 다른 곳으로 자리를 옮겼다.

'오늘은 여기서 마실까?'

이번에 찾아든 곳은 사각형의 작은 간판만 내건 바(Bar)로, 나는 작고 조용한 바를 생각하고 지하로 내려갔다. 그러나 예상과 달리 꽤 넓었고 이른 시간임에도 제법 사람이 있었다.

'사람이 더 많아지면 옮겨야지.'

내려온 것이 아까워 적당한 자리에 앉았다.

"무얼… 드릴까요?"

나비넥타이를 맨 종업원이 날 알아보곤 순간 주춤했지만 메뉴판을 내밀며 자신의 할 바를 했다.

"세트 C로 주세요."

비싸지도 싸지도 않은 양주와 간단한 마른안주와 치즈가 금세 세팅이 됐다.

술을 마시는 이유는 많을 것이다.

지독하게 좋은 기억력 덕분에 잊는다는 것이 불가능한 나의 경우는 조금 더 편안하게 자기 위해 술을 마시고 있었다. 오늘 밤 꿈엔 한 번만 웃는 얼굴로 나타나기 바라며.

"잠깐 앉아도 돼요?"

몸매가 확연히 드러나는 원피스를 입은 글래머러스한 여자가 다가와 물었다.

"안 돼요."

안 된다고 말했지만 그녀는 맞은편 자리에 앉았다.

"전 다른 사람들 얘기를 잘 들어줘요."

"몇 살?"

"어린 게 좋다면 어리게 말할 수도 있어요."

종업원을 부를까 하다가 잠시 지켜보기로 했다. 오른쪽 눈 옆의 작은 점이 최정연과 닮아서인지도 몰랐다.

"술 마실 나이만 지났으면 됐어."

여분의 잔에 술을 따라줬다.

"아까 들어왔을 때부터 봤어요. 드라마를 보고 오빠의 광팬이 되었거든요. 근데 무슨 고민을 그렇게 하고 있었어요?"

"결정에 관한 고민."

"어떤 결정이요?"

"일주일 뒤인 10월 4일부터 내년 4월 7일까지 반드시 해야 할 일이 있어. 한데 언제 해야 좋을지 고민 중이었어."

"혹시 드라마 출연?"

"아니, 내 인생을 좌지우지하는 일이랄까."

"엄청 중요한 일인가 보네요. 그럼, 결정하는 시기에 따라 뭔가 달라지나요?"

날카로운 질문이었다.

내가 깊게 생각하고 있는 문제이기도 했다.

시간은 멋대로 과거를 바꾸고, 멋대로 시간을 오가는 나에게 벌을 내리듯 수많은 막다른 골목이 있는 미로를 만들어 나를 가뒀다.

난 그것도 모르고 지금까지 출구가 있을 거라고 부지런히 움직이고 있었는데 지금은 출구가 있기는 한 건지 의심스러운 상황이었다.

"나라면 10월 4일로 하겠어요."

나 역시 10월 4일로 생각하고 있었다. 딱히 대책이 없는데 마냥 기다리는 건 내 성격에 맞지 않았다.

"이유를 물어봐도 될까?"

"변수를 최소화하기 위해서죠. 특히 시간이라는 변수는 무엇을 만들어낼지 모르거든요. 그런 눈으로 보지 말아요. 이래 봬도 공대생이에요."

"이상하게 본 게 아냐. 꽤 설득력 있는 말이라 느껴져서 조금 놀랐을 뿐이야. 근데 공대생이 시간을 변수로 두는 경우가 있나?"

"아마 있을걸요. 사실 공부와는 조금 거리를 둬서. 헤헤! 그런 사소한 문제는 접어두자고요. 설득력이 있었다면 되는 거 아니겠어요?"

"맞는 말이네."

이름도 알지 못하는 여자애는 말을 듣는 것보다 하는 것을 좋아했다.

조잘조잘 잘도 떠들어댄다. 문득 다이어트 때문에 아무것도 먹지 못하던 최정연이 심심하지 말라고 내가 밥을 먹을 동안 떠들던 생각이 났다.

정말 별것 아닌 기억이었는데 지금은 너무나 돌아가고 싶은 시간대였다.

기억을 찬찬히 곱씹으며 술을 마시다 보니 어느새 한 병을 비웠다.

손을 들어 술을 더 시키려는데 고운 손가락이 덥석 내 손을 잡아왔다.

"여긴 술값 비싸요. 이왕 먹을 거면 편의점에서 사서 근처 호텔이나 모텔로 가서 먹는 게 어때요?"

술을 먹으라는 건지 자신을 먹으라는(?) 건지 꽤 묘한 말투였다.

'아르바이트생인가?'

몸을 팔아 학비와 생활비, 그것도 아니면 원하는 명품을 사는 이들도 꽤 있었다. 강남에서 외제 차를 타고 다니는 여자애들 중에 상당수가 유흥 주점에서 일하고 있으니 말해 무엇하랴.

그렇다고 그들을 욕할 마음은 없었다.

젊음과 미모를 상품으로 판다고 해서 그들이 타인에게 해를 끼치는 건 아니지 않은가.

물론 불법적인 일이고 가정을 파괴한다는 말을 들을 수는 있겠지만 말이다.

"남는 돈은 널 주고?"

"오빠! 나 그런 애 아냐! 용돈을 주는 오빠들도 있긴 하지만 그건 사귈 때나 하는 얘기지."

안 받는다는 소리는 없었다.

"사귀지 않으면 안 받아?"

"성의껏 준다면……."

"얼마나?"

"오빠하곤 그냥 하고 싶었는데 정 준다면 백? …아님, 오십?"

"백 줄게. 호텔엔 갈 필요 없어. 대신 내가 술 한 병 더 비울 때까지만 조금 전처럼 조잘거려 줘."

"취향이 꽤 독특하네. 수다라면 자신 있지. 콜!"

어느새 자연스럽게 말을 튼 그녀는 내가 술을 먹는 동안 한참 주절거렸다.

다시 한 병을 비운 난 약속대로 백만 원을 건네고 바를 나왔다.

"아까 그 애 말처럼 오늘은 정연이랑 보냈던 호텔에 가서 술이나 마실까?"

방금 만난 여자 때문일까.

정연이가 너무 그리웠다.

*   *   *

쿠궁! 쿠구궁! 쿠궁! 쿠구궁!

스피커를 통해 들려오는 아기의 심장 소리를 듣던 류성은은 절로 나는 눈물을 얼른 닦았다.

"9주 차부터는 감정 기복이 심할 때이니 자연스러운 현상이에요. 한데 요즘 스트레스가 많이 심한가 봐요?"

"…왜요?"

"태아의 심장 소리가 지난번보다 좋지 않은 것 같아서요. 아무래도 회사 일을 줄이는 편이 좋을 것 같아요."

"…알겠어요."

회사 일 때문이 아니었지만 알았다고 대답했다.

자신의 절반이라고 해도 좋을 친구 최정연이 자신 때문에 자살을 했다고 생각하는 류성은은 스트레스를 받지 않을 수가 없었다.

아이 때문에 한 줌의 흙으로 변하는 그녀를 위해 크게 울어주지도 못하지 않았던가.

"제 말 허투루 듣지 마세요. 계속 이렇게 나가다간 유산할 가능성도 배제할 수 없습니다. 일을 줄이시고 수분을 충분히 습취하서야 합니다."

유산이라는 말에 화들짝 놀란 류성은은 배를 감쌌다.

"가능성을 배제할 수 있다는 거지 너무 걱정은 마세요. 산모의 걱정 또한 태아에겐 스트레스가 될 수 있으니까요."

옷을 갈아입고 문을 나서는 순간까지 여의사는 스트레스를 줄이라고 말했고 류성은은 의사의 말을 머릿속에 각인시키려 했지만 쉽지 않았다.

"끝났니? 뭐래?"

문 앞에서 기다리고 있던 하지영 변호사는 류성은의 머리에 챙이 넓은 모자를 씌워주면서 말했다.

병원을 알아보고 그녀가 임신했다는 사실이 외부에 알려지지 않도록 손을 쓰고 있는 이가 하지영이었다.

"…조심하래."

"에휴~ 스트레스를 받지 말아야 하는데 상황이 이러니. 이럴 때 남편이라도 옆에서 다독여 줘야 하는… 아, 아무것도 아냐. 얼른 차로 가자."

차에 오른 류성은은 차창 바라보며 조용히 물었다.

"…그 사람은 요즘 뭐 해?"

"한동안 술만 퍼먹더니 요 며칠 정신을 차렸는지 열심히 운동한다더라. 어느 정도 마음의 정리가 된 모양이야."

"…아닐 거예요. 그 사람 슬퍼하는 모습을 언니가 못 봐서 그래요."

최정연에게 무슨 일이 생긴 것 같다는 연락을 받은 후 류성은도 바로 최정연의 집으로 달려갔었다.

그녀가 도착했을 땐 이미 119와 경찰들이 도착한 후라 꽤나 소란스러운 상태였었다. 구급대원과 경찰이 오가는 최정연의 방 한구석에 앉아 펑펑 울고 있던 그의 모습이 잊히지 않았다.

"그건 모르는 일이야. 여자가 현실적이라고 말하지만 남자도 만만치 않아. 오죽했으면 부인이 죽으면 화장실에서 웃는다는 말까지 나왔을까. 아무튼 조만간 상황 봐서 임신했다는 말 꼭 해."

류성은이라고 왜 그러고 싶지 않겠는가?

아무리 마약에 취했다고 하지만 자신이 류성은임을 말할 기회는 있었다. 설령 없었다고 하더라도 짐승처럼 구는 그를 제압하기는 손바닥 뒤집기만큼 쉬웠다.

그러나 하지 않았다.

사랑하는 사람의 여자가 된다는 것에 기뻤고 그와 함께 있다는 것이 행복했었다. 첫 경험에 너무 과했는지 일주일 가까이 쩔뚝거리며 다닐 정도로 상처를 입었음에도 한 톨의 원망도 없었다.

임신을 했다는 걸 알게 되었을 때도 얼마나 기뻐했는지 모른다. 혹시 김철이 자신을 봐줄지도 모른다는 생각에 밤잠까지 설칠 정도였다.

그러나 최정연이 자살을 하며 꿈에서 깨어났다.

자신이 저지른 일이 가장 친한 친구를 죽게 했다는 것에 스스로를 용서할 수 없었다. 속죄하는 마음으로 최정연을 뒤따라가고 싶었다.

그러나 뱃속의 아이가 걸려 그럴 수가 없었다.

'한데 자꾸 욕심이 나, 정연아. 나 정말 나쁜 년이야, 그렇지?'

류성은은 김철과 잘되길 바라는 것이 아니었다. 그저 아이에게 아빠가 있음을, 아빠의 사랑을 받을 수 있게 해주고 싶었다.

"우욱! 욱! 욱!"

최정연에 대한 죄책감과 아이에 대한 생각 사이에서 너무 고민을 했는지 입덧을 심하게 했다.

"휴, 휴지 여기 있어! 내가 괜한 얘기를 했나 보다. 괜찮아?"

비상등을 켜고 차를 세운 하지영은 류성은의 등을 토닥이며 진정시키려고 노력했다.

"괘, 괜… 욱! 욱!"

류성은은 신선한 공기가 필요하다는 생각에 차 밖으로 나왔지만 입덧이 멈추질 않았다.

결국 입덧은 병원에 오기 전에 먹었던 영양식 죽을 다 토하고 노란색 위액이 나올 때까지 계속됐다.

그때 그녀의 귀로 은은한 벨 소리가 들려왔다. 그러자 거짓말처럼 입덧이 사라졌다.

김철 전용 벨 소리였다.

"이런 상황에 어떤 놈이 전화질… 쾌, 괜찮아졌어?"

류성은은 휴지로 입을 닦으며 자동차 안에 있는 전화기를 들었다.

―성은아, 나야. 잘 지내니?

"…그럭저럭. 웬일이야?"

자신의 빌어먹을 언어능력에 화가 날 정도였지만 이미 뱉은 말이었다.

김철은 신경 쓰지 않는지 말을 이었다.

―오늘 잠깐 볼 수 있을까? 괜찮다면 청계산 집에서 봤으면 하는데.

"물론이야! 몇 시에 올 거야?"

―6시쯤.

"알았어. 그때 봐."

전화를 끊은 류성은은 살짝 두꺼워진 자신의 배를 어루만졌다.

그 모습이 마치 아이에게 아빠를 보여주겠다고 말하는 것 같았다.

*   *   *

난 아직 대한민국의 미래를 바꾸겠다는 생각과 내 인생을 바꾸겠다는 생각을 포기하지 않았다.

따로 말했지만 사실 두 가지는 하나나 다름없었다. 대한민국의 미래를 바꾸지 못하면 죽게 될 것이고 내 인생은 없는 것이니까 말이다.

누군가를 죽여야만 당신이 살게 된다면 어떤 결정을 내리겠는가.

난 내가 사는 걸 선택했다.

이기적인 생각이라는 건 잘 알고 있다. 먼저 죽인 수많은 도적(?)들과 류성은은 달랐다.

그들의 경우엔 과거부터 현재까지 저지른 일만으로도 충분히 죽어 마땅한 자들이었고 류성은의 경우 이 순간까지 잘못을 저질렀던 적이 없었다.

그 때문에 지금까지 현실의 류성은을 노린 적이 없었던 것이다.

그러나 이젠 더 이상 머뭇거릴 수 없었다.

류성은이 죽든 내가 죽든 결정을 내릴 때였다.

이왕 사투를 벌이기로 한 이상 최대한 비겁해지기로 했다.

미래에서 본 기사를 보면 난 내 집에서 죽었다. 그 사실은 최정연의 죽음처럼 순간순간 변하지 않았던 것을 보아 절대적인 것이 아닐까 생각했다. 그래서 내 집이 아닌 청계산 아래에 있는 류성은의 집에서 보기로 했다.

류성은이 무협 소설에서 보듯 내가 기공을 이용하지 않는 이상 일단 내가 죽을 가능성은 없다고 봐야 했다.

다음으로는 '내가 과연 류성은을 죽일 수 있을까'라는 생각에서 과거의 나를 이용하기로 했다.

즉, 어린 시절 그녀를 죽이려 했던 자(과거의 나)로 연기할 작정이었다.

류성은에게 전화를 해 만나기로 약속을 한 나는 차를 타고 청계산 아버지 집으로 향했다. 혹시 성공적으로 류성은을 제거했을 때를 대비해 알리바이를 만들기 위함이었다.

한동안 신경을 못 써서 엉망일 거라 생각했는데 집으로 들어가는 입구부터 상당히 깨끗했다. 마치 누군가가 관리라도 하는 듯이.

위이이이이잉!

집에 도착하자 시끄러운 기계음이 먼저 반겼다. 웬 아저씨가 제초기를 들고 제초 작업을 하고 있었다.

"누구십니까?"

막 제초 작업이 끝났는지 전원을 끄는 작업자를 향해 물었다.

"그러는 댁은 누구시오? 저쪽에 있는 집과 한 집 아니었소? 매번 두 곳을 다 정리해 달라고 해서 난 그렇게 알고 있었는데……."

그가 가리킨 곳은 류성은의 집이 있는 곳이었다.

"수고하셨습니다. 이걸로 담뱃값이나 하십시오."

딱히 왈가왈부할 일이 아니었기에 오만 원짜리 두 장을 건넨 후 보냈다.

"휴우~ 먼지."

집 내부는 1년이 넘게 청소를 하지 않아서인지 오래된 먼지 냄새가 났다.

오랫동안 방치되어 돌처럼 굳어 있는 걸레를 빨아 청소에 들어갔다.

약속 시간까지 1시간 남짓 남아 모두 청소하는 것은 불가능했다. 그러나 했다는 것만 보여주면 됐기에 눈에 띄는 곳만 닦았다.

그와 함께 TV도 켜두고 집의 불도 몇 군데 켜놓고 나서야 걸레를 놓았다.

"그럼 슬슬 가볼까."

모든 준비를 마쳤다. 이젠 류성은의 얼굴을 볼 시간이었다. 서서히 어두워져 가고 있는 밤하늘을 보며 산길로 그녀의 집으로 갔다.

"…어서 와. 한데 왜 그쪽에서 나와?"

나를 기다리고 있었던 건지 산책을 하고 있었던 건지 모르지만 마당을 서성이던 류성은은 내가 길이 아닌 곳에서 나타나자 놀라며 물었다.

"일찍 도착한 김에 아버지 집에 잠깐 들렀어. 근데 청소를 한다고 어설프게 손을 댔다가 늦어져 부리나케 오느라고."

"늦어도 상관없는데. 다치기라도 하면 어쩌려고?"

내 변명에 류성은은 걱정스럽게 말했다.

"무사하잖아."

"네가 강하다는 건 알지만 밤의 산은 생각보다 훨씬 위험해."

"간만에 만났는데 잔소리는 여전하네. 가을이라 그런지 시원하다. 우리 밖에서 얘기할까?"

싸움이 벌어진다면 좁은 실내보다는 밖이 나에게 유리했다.

"그러자. 나도 안은 답답해. 잠깐만."

어느새 상당히 어두워졌기에 그녀는 밖의 불을 켰다. 예전엔 처마 밑에 달린 형광등 하나가 다였는데 지금은 양옆 나무와 지붕 위에 달린 불이 마당을 비추고 있어 마치 대낮처럼 밝아졌다.

"…야구 해도 되겠다."

저녁 시간대를 잡은 이유 중 하나가 류성은의 얼굴을 가급적 보지 않기 위해서였다. 한데 밖으로 나왔음에도 낮만큼이나 밝아졌으니 달가울 리가 없었다.

"예전에 귀신 나올 것 같다며 질색했잖아."

"…그랬나?"

날 위해 조명을 달았다는 말에 잔뜩 벼르고 있던 마음이 다소 무뎌지는 느낌을 받았다.

특히 반쪽이 된 얼굴—화장으로 가리려고 했지만 밝은 조명에 그대로 드러났다—이 그녀가 그동안 어떻게 지냈는지를 보여주는 듯했다.

'정신 차려! 목숨이 달린 일이야. 고작 이딴 일로 약해져서 어떻게 죽이려고!'

스스로를 혹독하게 코너로 밀어붙여 약해지는 마음을 다잡았다.

"저녁은 먹었어? 안 먹었으면 같이… 먹을까?"

"아니. 별로 안 땡기네. 먹고 싶으면 넌 먹어."

"사실 나도 별로야. 맥주 줄까?"

"괜찮아."

평상에 앉지 않고 마루를 서성이며 계속 뭔가를 권하는 류성은을 보던 난 그녀가 지금 무척 불안해하고 있음을 알 수 있었다.

'설마 내 생각을 읽은 건가? 아냐, 그게 아니라……'

난 생각을 멈췄다. 더 생각하면 벼린 칼을 버릴지도 모른다는 두려움 때문이었다.

'서둘러야겠어!'

본래 알리바이를 위해 충분히 시간을 가진 후에 과거의 나처럼 행동하려고 했는데 머뭇거리면 안 될 것 같아 계획을 앞당기기로 했다.

"할 말 있는데 이쪽으로 와서 앉아볼래?"

"…무슨 말인데?"

그녀는 다소 조심스러운 걸음으로 다가오더니 한 사람 정도 들어갈 공간만큼 남겨두고 옆에 앉았다.

"그냥 우리 둘의 관계에 대해서랄까?"

"…말해."

류성은은 뭔가 기대하는 듯한 표정으로 대답했다.

평소 류성은은 타인의 생각을 읽을 수 있어서인지 남들에게 자신의 생각을 읽힐 수 있다는 강박관념 같은 것이 있었다. 그래서 표정으로 그녀의 생각을 읽기란 쉬운 일이 아니었다.

한데 오늘은 유독 그녀의 표정에 생각하는 바가 보였다.

'꼬맹아, 친구 하자고 해놓고 이렇게 해서 정말 미안하다.'

얼굴을 빤히 보고 있어서인지 감상적인 마음이 드는 건 어쩔 수 없었다.

그녀는 내가 과거로 가 구한 어린 소녀였고, 반신 불구였던 나에게 약혼을 제안했던 숙녀였으며, 미래에 내 아이의 엄마이기도 했다.

만일 악연으로 만난 것이 아니었다면 나의 가장 친한 친구가 되었을, 어쩌면 그보다 더 발전된 관계까지 되었을지도 몰랐다.

내가 현실의 그녀가 아닌 미래의 그녀와 류성철을 죽이려 했던 이유도 사실상 죄가 없어서라기보단 죽일 수가 없었기 때문이었다.

"자, 잠깐. 너 방금 날 뭐라고 불렀어?"

"…뭐가?"

"방금 날 꼬맹이 친구라고 생각하지 않았어? 맞지?"

잠깐 방심을 했다.

진심을 담아 한 말이었기 때문일까. 내 생각이 류성은에게 그대로 전달된 모양이었다.

"네가 날 구해줬었던 바로 그 사람이 한 말을 어떻게……? 그러고 보니 처음에 넌 분명 나를 아는 눈치였어. 내 느낌도 왠지 낯설지 않았고. 설마 네가……."

어떻게 생각을 읽을 수 있냐 되물으며 시치미를 뗄 수도 있었다. 그러나 이왕 이렇게 된 거 살짝 방향만 살짝 틀어 연기하기로 했다.

원래 계획도 과거 얘기를 꺼내 당황하게 만든 후에 그녀를 공격할 생각이었다.

"네 생각이 맞아. 이 남자가 과거의 내 일을 방해했던 자거든."

"무, 무슨… 소리야?"

"이 남자가 과거의 어린 시절 널 구했다고. 다만 지금은 내가 잠깐 몸을 빌린 상태지만. 오랜만이다. 원하는 대로 미래가 바뀌지 않아 다시 왔다."

"……!"

똑똑한 그녀였기에 간단한 설명만으로도 내가 누군지 이해를 한 모양이었다.

류성은은 깜짝 놀라며 물러나려 했다.

아까부터 뒤에 뭔가를 감추고 꼼지락거리고 있었기에 혹시나 하는 마음에 바싹 붙어 주먹을 휘둘렀다.

퍽!

당연히 피할 것이라 생각하고 적당히 휘두른 주먹이었는데 의외로 그녀의 턱에 적중했다.

류성은은 크게 비틀거리면서도 자세를 바로 하려 노력했다. 한데 그녀답지 않게 이어지는 공격을 막기 위한 방어 자세를 취하려는 것이 아닌 몸을 뒤로 빼기 위한 동작이었다.

'절대 도망 못 가!'

팍!

"……!"

눈에 보이는 통나무 의자를 발로 차 그녀가 도망가는 길을 차단하려 했다.

효과가 있었다. 불규칙하게 구른 통나무가 그녀의 움직임을 꼬이게 만들었다.

거기에 방금 적당히 휘두른 주먹이 턱에 제대로 맞아 뇌를 흔든 모양이었다. 뒤로 몸을 날리려던 류성은은 돌연 바닥에 주저앉았다.

힘든 싸움이 될 거라고, 어쩌면 당할지도 모른다고 생각했었다. 그런데 이렇게 쉽게 기회를 잡게 되다니 놓칠 수 없었다.

등에 차고 있던 단검을 잡으며 거리를 좁혔다.

내가 그녀에게 해줄 수 있는 일은 고통 없이 숨통을 끊어주는 것이었다.

'…저건 뭐지?'

그녀가 비틀거리다가 떨어뜨린 것에 눈이 갔다. 무기라고 생각했던 것은 무기가 아닌 검은색 수첩이었다.

수첩 맨 위에는 은색 글씨로 네 글자가 적혀 있었다.

산모수첩.

수첩에서 시선을 돌려 어느새 손만 뻗으면 죽일 수 있을 만큼 다가온 류성은을 봤다.

그녀는 뭔가를 보호하려는 듯 두 손으로 아랫배를 감싼 채 슬픈 눈으로 자신의 배와 나를 번갈아 바라보았다.

1초도 안 되는 짧은 순간에 오만 가지 생각이 머리를 스쳤고 단검은 그녀의 목 앞에서 멈췄다.

'빌어먹을!'

스스로에게 세뇌를 시키듯 류성은이 죽어야 하는 이유를 되뇌었는데 막상 그녀의 눈빛을 대하자 말짱 도루묵이었다.

대한민국을 위해, 나를 위해 내 아이를 임신한 류성은을 죽일 수 없었다.

이유는 간단했다. 내 생명의 무게보다 두 사람의 생명의 무게가 더 크게 느껴졌기 때문이었다.

'끝났다……'

사실 어떤 날을 선택해도 내가 죽는다고 나왔던 이유가 있었다.

난 류성은을 죽일 수 없었던 것이다.

칼을 집어넣고 뒤로 물러났다.

"왜……?"

류성은은 의아했는지 의문을 표했다.

"왜 죽이지 않느냐고? 글쎄……?"

죽이지 않는 이유를 설명할 순 없었다. 지금의 난 과거의 나를 연기하고 있지 않은가.

"그냥 변덕이라고 해둘게. 그렇다고 안심하지 마. 언제 또 바뀔지 모르니까. 그리고 아이 똑바로 키우길 바라. 지금 네가 가진 악의를 아이에게 전해주지 않았으면 한다."

물러나기 위한 의미 없는 협박이었다.

"…더 이상 우릴 건들지 않는다면 당신이 걱정하는 일은 절대 일어나지 않을 거라 약속하죠."

"정말인가?"

"한번 뱉은 말은 지켜요. 대신 두 번 다시 우리 앞에 나타나지 말아요!"

"네가 약속을 지킨다면……."

더 머무르고 있다간 비참한 모습을 보일 것 같아 돌아섰다.

'하아! 허탈하군.'

독하게 마음을 먹고 벼르고 별러서 왔는데 내 죽음을 인정하고 돌아가려니 모든 게 덧없게 느껴졌다.

"자, 잠깐만요."

산길로 접어드는데 따라온 류성은이 불렀다.

"뭐지?"

"그 사람 몸은 어떻게 할 거죠?"

"조금만 더 쓰고 돌려줄 거야. 더 이상 할 말이 없다면 이만."

뭔가 더 할 말이 있는 것 같았지만 수다를 떨 기분은 아니었다.

아버지 집으로 돌아와 알리바이를 위해 켜뒀던 불을 모두 끄고 찬찬히 둘러본 후 차에 올랐다.

누군가에게 부탁할 것도 없이 그대로 두면 류성은이 알아서 관리하고 류성철이 뛰어다닐 곳이 될 것이다.

아무 생각이 없이 집까지 운전을 했다.

지상 주차장에 주차를 하고 근처 편의점에 들러 맥주를 잔뜩 사 들고 건물 안으로 들어갔다.

스토커 사건 이후로 강화된 보안팀이 누군가가 대기실에 기다린다는 말을 들었지만 딱히 만나고 싶은 기분은 아니었기에 곧장 엘리베이터로 향했다.

'가만……!'

엘리베이터가 내려오길 기다리는데 문득 아까 류성은이 뱃속의 태아와 나를 번갈아 볼 때가 떠올랐다.

나의 공격에 피하기만 할 뿐 손조차도 뻗지 않았던 그녀. 사랑하는 김철의 몸이라 공격도 하지 않았으리라 짐작됐다.

여기까지 생각이 이르자 내가 지금까지 크게 잘못 생각하고 있었음을 깨달았다.

나도 류성은을 죽이지 못하지만 류성은도 나를 죽이지 못한다. 그럼 사망일은 대한민국의 미래를 바꾸지 못한 것에 대한 벌로 죽게 될 것이라고 생각되는 4월 7일이 되어야 했다.

즉, 4월 7일 이전의 죽음은 다른 이에게 죽는다는 의미이기도 했다.

"그럼 누가……?!"

갑자기 옆구리가 따끔했다. 천천히 돌아보니 모자를 눌러 쓴 사내가 웃고 있었다.

제7장

새로운 삶

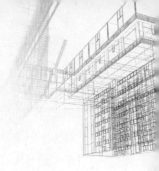

"당신은⋯⋯."

사라진 과거에 하반신 불구가 되어 병상에 누워 있을 때 본 적이 있는 사내였다.

"민서준."

"큭큭큭! 용케 날 알아보는구나. 내 아들을 그렇게 만들어 놓고 잘 살 줄 알았느냐?"

"그렇게 잘 살고 있진 않은데."

따끔했던 옆구리를 보니 제법 큰 주사기가 박혀서 덜렁거리고 있었다.

안에 있었을 것이라고 생각되는 내용물은 이미 내 몸 안에

돌고 있는지 텅 비어 있었다.

'니코틴!'

최정연의 죽음에 놀라 스치듯이 봤었던 기사 내용이 빌어먹게도 이제야 떠올랐다.

"이제 내가 아무리 날고 기어도 살지 못해. 가급적 죽음의 공포를 느끼며 천천히 죽게 만들려고 희석시키고 사망을 늦추는 약까지 섞었지만 10분을 넘지 못할 거야. 큭큭큭!"

광기에 휩싸인 그의 눈을 보고도 난 담담했다.

주사기에 찔리기 전이었다면 모를까 이미 찔려 죽게 되었다는 걸 알게 되니 오히려 마음이 편해졌다.

"당신들은 자신들이 저지르면 고작 그깟 일이고, 남에게 당하면 반드시 복수할 일이지?"

"닥쳐! 그깟 돈 몇 푼에 내 아들을 그렇게 만들어놓은 놈이 잘도 지껄이는구나."

사라진 과거를 알지 못하니 말해봐야 소용없는 일이었다.

그래도 한마디 하려는데 갑자기 세상이 빙글 돌았다. 한 손으로 벽을 잡고 버텼지만 옆구리부터 시작된 묘한 느낌이 서서히 몸 전체로 퍼져 나가며 점점 힘이 빠지고 있었다.

"네놈이 죽는 걸 끝까지 지켜보고 싶지만 이만 가야겠다."

엘리베이터가 도착해 열리자 그는 나를 그 안으로 밀어 넣으려 했다.

'죽여?'

아직까지 그를 죽일 정도의 힘은 남아 있었다. 그러나 그를 죽여봐야 무슨 의미가 있을까 싶었다.

"막힌 엘리베이터에서의 죽음. 너에게 딱 어울린다. 지옥에 떨어져라! 네 동료들도 한 명씩 차례차례 보내주마. 큭큭큭!"

민서준의 말에 정신이 번쩍 들었다.

나의 죽음이 류성은의 탓이라고 생각해 인생을 허비하던 석훈과 엄옥당이 생각난 것이다.

'나의 우유부단함이 만든 결과였다니······.'

엘리베이터 문이 닫히려 할 때 손을 뻗어 막았다. 그리고 말했다.

"생각이 바뀌었어."

"뭐······?!"

여태까지 들고 있던 맥주가 든 봉지를 바닥에 놓으며 단전의 힘을 개방하며 오른손을 휘둘렀다.

으득!

수도가 민서준의 목에 적중했고 그의 얼굴은 기역 자처럼 꺾였다.

"네가 내 애를 가진 것도 아니잖아. 안 그래?"

"······."

믿을 수 없다는 표정을 한 채 그는 서서히 무너졌고 엘리베이터 문은 닫혔다.

"큭!"

힘을 썼더니 독약이 빨리 도는지 고통과 함께 다리에 힘이 들어가지 않았다.

"엘리베이터에서 죽었다고 나와 있진 않았거든!"

한 걸음 움직이는 것조차 힘들어지고 있었지만 단전의 힘을 사용해 현관문을 열고 들어가 소파에 쓰러지듯 누웠다.

"헉! 헉! 힘들었어."

내 삶을 돌아보며 중얼거렸다.

아무것도 모르고 하루하루 에너지를 얻기 위해 사람들에게 빙의를 하며 살았던 기생체 염의 시절이 오히려 행복하다고 느껴졌다.

만일 대한민국의 미래를 바꾸지 못하면 사라진다는 제약만 없었다면 미래 따위 생각도 않고 나 혼자 잘 먹고 잘 놀며 살았을 것이다.

독약이 몸으로 퍼지며 고통스럽다는 걸 제외하곤 심적으로는 모든 걸 내려놓으니 너무 편안했다.

아등바등 산 것이 너무 아까웠다.

1년을 살아도 내 삶을 살았어야 했다.

"아! 하… 하… 하하하! 그가 말한 내 인생을 살라는 말이 이런 의미였던가? …아!"

비워야 비로소 보인다고 했던가. 머릿속에서 미래의 걱정과 죽음에 대한 걱정을 지우자 과거의 내가 했던 말이 모두 이해가 되었다.

'아냐! 그가 내 인생을 살라고 한 말은 염으로서의 삶이 아닌 진짜 나의 삶을 살라는 의미였어!'

몸이 약해 눈도 뜨지 못하던 아기였던 시절부터 할아버지의 과거 얘기를 듣고 자란 아기 김철.

정신이 빠져나가는 병.

두피에 그려진 수만부.

하늘의 집에 있을 때마다 전해져 오는 당김.

수만부의 오류.

이곳은 내가 있을 곳이 아니라던 일원신녀의 말.

…….

지금까지 겪었던, 들었던 조각들이 한 가지 사실을 알려주었다.

'난… 지금까지 잘못된 시간의 김철에게 갇혀 있던 거였어!'

염원, 염, 에너지, 내가 상황에 따라 부르던 이름이야 어떻게 되었든 그들 모두는 어린 김철의 정신이었다.

나는 정신이 무사히 본래 주인에게 돌아왔으니 된 것이라 생각했지만 아니었다.

본래 주인은 반신 불구의 성인 김철이 아니라 어린 김철이었다.

'과거의 내가 에너지를 없앤 것은 에너지를 보낸다고 해결될 문제가 아니기 때문이야. 내가 본래의 몸으로 돌아가기 위해선 이 몸에서 빠져나가야 해.'

빠져나가는 방법은 즉각 떠올랐다.

두피에 새겨진 수만부를 없애면 되는 일이었다.

두피 혹은 머리를 자르거나, 머리가 깨지거나.

"후… 후후. 어떻게?"

복잡한 미로를 통과해 마침내 결승점 앞에 섰지만 더 이상 움직일 힘이 없었다.

죽음을 편하게 받아들이는 내가 꼴 보기 싫어 시간이 또 장난을 친 모양이었다.

이미 달관했다고 실컷 비웃어주고 싶었지만 솔직히 순간 희망을 가졌던 것이 사실이었다. 또한 그 희망의 크기만큼 실망했다.

한데 기적이 찾아왔다.

사람의 목소리가 들려왔다.

"배신을 한 주제에 뭐가 그리 기분이 좋은 거야?"

소리가 나는 곳을 바라봤다.

거실에서 부엌으로 가는 곳에 CCTV에 잡히지 않는 약간의 공간이 있었는데 거기 처음 보는 한 여자가 서 있었다.

'스토커라기엔……'

스토킹은 병이지 외모와는 상관이 없었다. 하지만 날 매섭게 노려보고 있는—순한 양처럼 생겨 전혀 무서워 보이지 않았지만—여자는 스토킹과는 전혀 어울리지 않는 얼굴이었다.

죽는 순간까지 예쁜 여자에 눈이 커지는 내 자신이 한심하긴 했다. 그러나 곧 정신을 차리고 말을 건넸다.

"내가 무슨 배신을 했다는 거지?"

"나를 지켜준다고 해놓고 뻔뻔하게 내 앞에서 다른 여자와 잠을 잤잖아! 그것도 하룻밤에 두 명의 여자와 말이야!"

"자, 잠깐. 난 널⋯⋯!"

모른다고 말하려다 보니 떠오르는 사람이 있었다.

외모가 못 알아볼 정도로 달라졌지만 광기에 찬 눈빛은 똑같았다.

"이혜린?"

"봐봐! 네가 원하는 대로 이렇게 살을 뺐는데 제대로 알아보지도 못하잖아."

"미⋯⋯."

사과를 하려다 재빨리 입을 닫았다. 내가 원하는 건 그녀가 날 죽이도록 미워지게 만드는 것이었다.

"그래서 사과를 받으러 온 거야?"

"당연히. 사과를 하고 두 번 다시 다른 여자들과 자지 않는다면 용서해 줄 수 있어."

"하지 않으면?"

"용서하지 않을 거야."

그렇다면 당연히 사과를 하지 않을 것이다.

"난 내가 왜 사과를 해야 하는지 모르겠어."

"뭐라고!"

"생각해 보니 난 널 지켜준다고 한 적이 없거든."

"하루에도 수백 번 내 귀에 속삭이던 게 너였어. 한데 이제 와서 모르겠다고?"

'드라마에서 말이지. 자! 이제 너의 분노를 보여줘.'

"내가 방금 말했지? 용서 못 한다고."

"그래, 용서하지 마. 대신에… 워워… 윽! 카, 칼은 언제 준비한 거야."

이혜린은 설명도 하기 전에 식칼을 들고 앞으로 다가왔다. 때를 같이해 니코틴 독에 몸이 더 이상 버틸 수 없다고 전해왔다.

'어떻게 설명하지? 생각해 철아! 마지막 기회야.'

생각을 하기엔 너무 촉박했다.

이혜린이 양팔로 식칼을 잡고 높게 들어올렸다.

그때 지켜준다는 말에 유독 집착을 한다는 걸 떠올리곤 닥치는 대로 지껄였다.

"이러면 지켜줄 수 없어. 네가 날 도와준다면 널 상처 입기 이전으로 돌려줄 수도 있어. 음, 그러니까… 윽! 아, 아무튼… 길게 설명하지 못해. 하지만 내가 널 지켜줄게. 약속해, 정말이야."

효과가 있었다. 한껏 올라갔던 그녀의 팔에 힘이 빠졌다.

"…나만 지켜줄 거야?"

"무, 물론이야. 내 생각엔 한번 구해주고 나면 네가 나한테 지켜달라고도 하지 않겠지만……."

"약속 지켜야 해. 아니면 그땐 정말로 널 용서하지 않을 테니까."

"그, 그럼. 윽!"

"무얼 도와주면 돼?"

"시, 시간이 없으니 말할게. 내 목을… 아니, 옥상으로 데리고 가서 날 건물 아래로 떨어뜨려 줘."

목을 잘라달라고 부탁하려다 재빨리 말을 바꿨다.

"…떡이 돼서 날 지키겠다는 거야?"

"알잖아, 너도. 내가 얼마나 대단한 사람인지. 절대 죽지 않아, 절대!"

드라마 '내 심장속의 그대'에서 나는 불사신이나 다름없었다.

"그렇구나. 새로운 힘을 얻기 위해 필요한 과정이야?"

"응! 꼭 필요한 과정이야."

이혜린은 잠시 생각을 하다가 고개를 끄덕였다. 그리고 날 일으켜 세우려고 했다.

한데 류성은이라면 모를까 평범한 여자가 축 처진 남자의 몸을 드는 게 쉬울 리가 없었다.

다행인 건 그녀가 옥상으로 날 데리고 올라가 미는 것이 그녀 삶의 목적인 듯 열심히 하고 있었다는 것이다.

니코틴에 대항하고 있던 단전의 힘을 온전히 팔과 다리로 보냈다.

스스로 일어날 힘은 아니었지만 이혜린의 힘과 더해지자 몸을 일으켜 세울 수 있었다. 그리고 우리는 겨우겨우 계단을 올라 옥상으로 올라왔다.

"……."

이혜린이 뭔가를 말하는데 청각을 잃은 건지 들리지 않았다.

다만 추측으로 그녀가 밀 만한 곳을 찾는다고 생각하고 위치를 손가락으로 가리키며 말했다.

"…저쪽."

잘 가다가 힘이 빠졌는지 그녀는 나를 놓쳤다. 철버덕 바닥에 넘어졌지만 감각도, 일어날 힘도 없었다.

다행히 이혜린은 포기하지 않고 날 질질 끌어서 목적지까지 데려다주었다.

"벼, 벽에 드, 등을 대게 해서 내, 내려줘."

말할 힘도 거의 없었고 시력도 점점 희미해져 갔다. 정말 죽음이 코앞이었다.

"…고, 고마… 워. 야, 약속은… 바, 반드시 지킬게."

말을 끝낸 마지막 힘을 다해 바닥의 손잡이를 잡아 살짝 비튼 후 올렸다.

'후우~ 이젠 내 생각이 맞기를 바랄 뿐이다.'

희미하게 보이는 짙은 회색빛 하늘을 보고 손잡이를 뒤로

당겼다.

덜컹!

비상구가 열리자 몸이 자연스레 젖혀지며 그대로 추락하기 시작했다.

*   *   *

"아빠! 아빠! 일어나세요."

술을 마시고 들어와 새벽녘에야 잠들었던 김유성은 아들의 목소리에 눈을 떴다.

당장에라도 뽀뽀를 하고 싶어지는 귀여운 얼굴을 한 아들이 앙증맞은 손을 그의 어깨에 올린 채 흔들고 있었다.

물론 직접 겪어보면 전혀 귀엽지 않았지만 말이다.

그의 아들은 그가 몇 시에 깨워달라는 말을 하지 않는 이상 절대로 그를 건드리는 법이 없었다. 게다가 고작 올해 다섯 살인 녀석이 술을 마신 정도에 따라 술 깨는 약이나 꿀물을 떡하니 타놓기도 했다.

그런 아들이 깨워달라고 하지 않았는데 아양을 떨며—그에게는 그렇게 들렸다—깨우니 일어나지 않을 수가 없었다.

"…으, 응, 아들. 오늘은 웬일로 아빠를 깨워?"

"등산 가요."

"등산 가자고? 웬 뜬금없는 산이냐?"

"갈 일이 있어요. 얼른 가야 하니 서둘러 주세요. 아님 혼자 갈 거예요."

자기 할 말만 하고 휭하니 방을 나가 버리는 모습을 어이없이 바라보던 김유성은 아직 술이 덜 깨서 머리가 흔들렸지만 억지로 일어나야 했다.

그냥 두면 정말 자기 말대로 하고도 남을 애였다.

"하여간 평범한 구석이 하나도 없는 애라니까. 아버지는 도대체 애를 어떻게 키우셨기에……."

화장실로 가 양치질을 하던 그는 지난날을 돌이켜 보며 중얼거렸다.

원인 모를 병으로 거의 하루 종일 정신을 못 차리던 아들은 처가 죽는 날, 그녀의 품에서 눈물을 펑펑 흘리며 운 후에 정신을 차렸다.

그 이후로 그의 아버지와 1년 정도 지내다가 아버지가 재혼을 하면서 신혼부부를 방해하면 안 된다며 작년 여름부터 자신과 같이 살고 있었다.

씻고 밖으로 나가자 어느새 등산하기 편안한 복장으로 갈아입은 아들이 그가 입을 옷과 필요한 것들을 준비해 뒀다.

처음엔 어린애답지 않은 모습에 놀랐는데 이런 일이 한두 번이 아니었기에 이젠 놀라지도 않았다.

한데 준비해 둔 옷을 입은 김유성은 거울을 보더니 한마디 했다.

"넌 편하게 입고 아빤 이걸 입으라고? 누가 보면 선보러 가는 줄 알겠다."

"다 아빠를 위해서예요. 다 입었으면 가요."

"나를 위해서라고?"

"1년 후에 오늘 일이 생각나 고마우면 그때 용돈이나 두둑이 주세요."

"또 이해할 수 없는 말. 너 책 좀 그만 봐. 밤늦게까지 책만 보니 이상한 소리를 하는 거잖아."

"밤에 할 일이 없는데 그럼 뭘 해요? 어른들처럼 술을 마실 수도 없고 그렇다고 늦게까지 동네를 뛰어다닐 순 없잖아요."

"TV 보거나 일찍 자면 되지. 어린애가 그리 잠을 안 자면 나중에 키 안 큰다."

"네네. 아무튼 얼른 나가요. 택시 기다려요."

"택시?"

나가보니 정말 콜택시가 집 앞에 서 있었다.

'등산을 가자는 녀석이 택시를 부르다니. 이참에 버릇을 가르쳐야겠어.'

주로 낮부터 밤늦게까지 밖에서 일을 하다 보니 아들에 대한 사랑을 돈으로 표현하려는 경향이 있었다. 그래서일까, 그에겐 아들이 돈을 너무 쉽게 생각하는 것처럼 보였다.

꾹 참고 있다가 택시가 목적지인 불암산에 도착할 때쯤 연기를 시작했다.

"어라? 아들, 어떻게 하냐?"

"왜요?"

"아빠가 지갑을 놓고 온 것 같다. 이거 다시 돌아갈 수도 없고. 그러게 왜 택시를 불러서는……."

"뒤져서 나오면 10원에 잔소리 한 마디씩 어때요?"

"…하하하! 여, 여기 있구나. 좀 전에 찾을 때는 왜 없었는지. 근데 너 오늘 유치원 가는 날 아니었냐?"

손이 안 가고 흠이 있을까 싶을 정도로 완벽한 아이였다. 그러나 치명적인 단점이 하나가 있었는데 잔소리가 심하다는 거였다.

자기가 허점이 없으니 다른 사람의 허점이 잘 보이는지 녀석은 가끔가다 폐부를 찌르는 잔소리를 날리곤 했다.

그에 김유성은 얼른 꼬리를 내리고 화제를 전환했다. 등산을 가자고 할 때부터 알고 있었지만 이런 때를 대비해 말하고 있지 않았던 유치원 얘기를 꺼낸 것이다.

"…죄송해요. 오늘 꼭 등산을 하고 싶어서 아프다고 전화를 드렸어요."

"험험! 아무리 내가 너한테 신경을 못 쓴다고 해서 멋대로 구는 건 용서할 수 없다. 거짓말도 마찬가지고. 두 번 다시 그래선 안 된다. 잔소리도 줄이고."

"네, 아빠."

적당한 선에서 마무리를 했다.

사실 자신의 아들이지만 흠잡을 곳이 없음을 그도 인정하는 바였다. 또한 이렇게 둘이 무언가를 한다고 같이 시간을 보내는 것이 처음임을 깨달은 것이다.

"아들, 안 힘드냐?"

택시에서 내려 일반 등산로가 아닌 이상한 길로 산을 올라가는 아들의 모습을 보며 묵묵히 뒤를 따르던 김유성이 물었다.

언제나 어른스러운 모습을 보여 다 큰 줄 알았는데 뒤에서 보니 아직 아기 같은 아이임을 새삼 느꼈다.

"괜찮아요."

"녀석, 강한 척은. 이리 오렴. 목마 태워주마."

김유성은 손을 벌렸고 아들은 묘한 표정을 짓다가 아무 말 없이 다가와 그의 팔에 안겼다.

김유성은 아직 애는 애라는 생각에 피식 웃곤 그를 들어 올려 목마를 태웠다.

아들을 목에 태우고 걷는 산길은 꽤 운치가 있었다.

"목적지는 어디니?"

딱히 무거워서가 아니라 어디까지 올라가야 하나 싶어 물었다.

"저기 두 사람이 있는 곳이요."

"사람이 있어?"

아직 자신에겐 보이지 않았다. 그러나 몇 걸음 더 올라가자 웬 모녀가 산 중턱의 평평한 곳에서 쉬고 있는 것이 보였다.

조금 더 걷자 엄마로 보이는 여자는 연신 눈을 훔치는 것이 울고 있는 듯 보였고 어린 여자애는 천진난만하게 바위에서 놀고 있었다.

"어? 저 여자는……."

가까워지자 여자의 얼굴을 확실히 볼 수 있었다. 분명 얼마 전 웬 남자들에게 납치되려는 걸 구해준 적이 있는 여자였다.

울고 있던 여자도 김유성을 알아봤는지 놀란 표정을 짓고 있었다.

"여기서 뵙게 되다니 대단한 우연이군요."

김유성은 아들을 내려주고 여자에게 꾸벅 인사를 했다.

"…그러게요. 그땐 경황이 없어 제대로 감사 인사도 못 드렸네요."

"아닙니다. 당연히 해야 할 도리였는데요. 하하……."

"아니에요. 저희 모녀의 생명의 은인이신걸요. 감사드려요."

"아… 네네."

김유성은 결혼한 것이 이상할 정도로 여자에겐 숙맥이었다.

간단한 인사를 하고 나자 머리가 텅 비며 무슨 말을 할지 몰라 쭈뼛거렸다.

그때 아들이 그의 바지를 당겼다. 그리고 손짓으로 귀를 요구했다.

무릎을 꿇고 앉자 아들이 속삭였다.

"아빠는 저쪽을 맡으세요."

"…저쪽?"

아들이 가리킨 방향에는 웬 사람들인가 싶어 바라보고 있는 딸이 있었다.

"아빠 순수해서 의외로 애들이 좋아해요."

칭찬인 것 같은데 왠지 기분이 나빴다.

"넌 어쩌려고?"

"아주머니랑 잠깐 얘기 좀 하고 있을게요."

여자랑 있어본들 어색하기만 할 것 같았기에 아들의 말을 따르기로 했다.

그는 일어서서 여자에게 살짝 고개를 숙인 후 여자애에게 다가갔고 그런 그를 아들은 어린애 같지 않은 눈빛으로 바라보고 있었다.

*　　　　*　　　　*

"김철이에요."

나는 신지영의 옆에 앉으며 내 소개를 했다.

애늙은이 같은 말투였지만 이젠 그러려니 했다.

어린애인 척하려고 노력해 봐야 더 이상하게 보인다는 걸 알고부터 그냥 적당히 어른스럽게 살고 있었다.

맞다. 여러분이 예상하는 대로 마지막 추측이 정확히 맞아 떨어지며 난 살아났다.

예상과 다른 점이 있다면 머리에 문신을 새기기 전 아기 김 철의 몸으로 돌아왔다는 정도.

예상이 벗어난 것이 훨씬 좋았는데 그 덕에 사진으로만 본 어머니의 임종 함께하고 어머니의 마지막 말을 들을 수 있었 다.

"으, 응. 신지영이란다."

"제가 너무 애늙은이 같죠?"

"아, 아니. 너무 귀엽게 생겼는데."

"위로 안 해주셔도 돼요. 사람들을 보면 그 사람의 앞날을 볼 수 있게 되면서부터 마냥 천진난만할 수만은 없더라고요."

"……"

"안 믿으시네. 우리 새 할머니가 엄청 유명한 점술가신데 절 인정할 정도였다니까요."

오늘 이 순간을 2년 동안 기다려 왔다.

어떻게 하면 신지영이 류성은을 친아버지에게 보내지 못하 게 할까 고민한 시간이기도 했다.

그래서 내 말에 거침이 없었다.

참고로 할아버지와 사는 1년 동안 은근슬쩍 송유정이 있는 곳을 흘려 두 사람을 만나게 해준 후 열심히 노력해서 둘을 이어줬다.

"그, 그러니? 널 못 믿는 게 아니라 원래 그런 건 잘 믿는 편이 아니라서 그런단다. 그러니 기분 나빠 하지 마렴."

"기분은 아줌마가 안 좋으시잖아요. 곧 저희 아빠랑 놀고 있는 저 애랑 헤어질 생각이시죠?"

"…그걸 어떻게?"

"말했잖아요. 앞날을 어느 정도 볼 수 있다고요. 아이를 위해, 위험을 피하기 위해 보내려는 곳이 맹수 소굴이네요."

"……."

"아줌마는 이름을 날리게 되겠지만 보낸 딸이 걱정스러워 행복하지 못할 테고 보내진 딸은 버림받고 맹수들에게 뜯겨 불행하게 될 거예요."

내 말에 신지영은 눈물을 떨구며 고개를 숙였다. 그러곤 낮은 목소리로 중얼거렸다.

"하지만 같이 있다고 해도 위험하긴 매한가지란다. 맹수들이 우리에 갇혀 있는 것이 아니니까 말이야."

"그건 그렇죠. 그러나 잘 생각해 보시면 해결할 방법은 있을 거예요. 일단 맹수를 조련할 수 있는 조련사에게 도움을 구하세요. 그리고 맹수들이 무얼 노리고 아줌마와 저 아이를 위협하는지 생각해 보세요."

"보통 맹수가 아니란다."

"제가 말한 조련사도 보통이 아니에요. 아마 폭력적인 부분에선 어느 맹수도 꼼짝 못 할 거예요."

"그런 사람이 있다고 해도 과연 날 도우려 할까?"

"아까 들어보니 이미 한번 도운 것 같던데요."

난 자연스럽게 시선을 돌려 아버지를 보았고 신지영의 눈도 내 시선을 따랐다.

"여자 앞에서 숙맥이고 조금 철이 없긴 하지만 안타까운 일을 겪는 사람을 결코 마다할 분은 아니에요."

내 기억 속 어린 시절 아버지는 때론 너무 약했고 때론 굉장히 강했지만 언제나 고지식하고 무뚝뚝한 분이었다. 하지만 아버지 나이까지 살아본 경험 때문인지 나는 지금의 아버지가 아이 키우는 방법을 모르는 철이 덜 든 청년에 불과하다는 걸 알 수 있었다.

아마 다섯 살에 아버지를 이해한 사람은 나 말고 없을 것이다.

각설하고 난 말을 이었다.

"솔직히 얘기해 보세요. 전 제가 본 것을 토대로 해결점을 제시할 수 있지만 아줌마와 저 애를 돕기엔 너무 어리거든요."

"전혀 어려 보이지 않는단다. 오히려 나보다 더 어른 같구나."

"아빠와 비슷한 말씀을 하시네요. 전 충분히 어른스러운 척을 했으니 이제 나잇값을 해야겠어요."

나는 멋지게 일어나 류성은이 있는 곳으로 걸어가려 했지만 현실은 아장아장 걸어가는 아이에 불과했다.

류성은과 노는 아빠는 정말 환하게 웃고 있었다. 아주 귀여워 죽겠다는 표정이었다.

"아빠."

"으응? 얘기 끝났냐?"

"제 얘긴요. 아주머니가 하실 말씀이 있는 것 같은데 가보세요."

"무슨 얘기를?"

"글쎄요. 혹 해결점을 물어본다면 일단 돈을 포기하라고 하세요. 나중에 법적으로 찾을 수 있다는 점도 언급하시고요."

"…아들. 그런 단어들은 도대체 어디서 주워듣는 거냐? 방금 너랑 동갑인 성은이랑 놀면서 깨달은 게 하나 있는데 뭔 줄 아니?"

"저 같은 다섯 살은 없다는 거겠죠?"

"잘 아는구나. 그럼……."

"아빠. 숙녀를 기다리게 하는 건 예의가 아니에요. 얼른 가보세요."

나는 아버지가 신지영에게 가는 것이 쑥스러워서 나에게 자꾸 말을 걸어온다는 걸 눈치채고 등을 떠밀었다.

머리를 긁적거리며 가는 아버지를 본 나는 가볍게 한숨을 쉬고 고개를 돌렸다.

동글동글하고 뛰어노느라 살짝 상기된 볼을 가진 얼굴이 바로 앞에 있었다.

"네가 아저씨 아들인 철이니?"

"…홋! 아빠가 귀여워할 만했네."

볼을 양손으로 잡아보고 싶을 만큼 귀여웠다.

"…아저씨가 알 수 없는 말을 자주 한다더니 정말 그러네."

알아들으면서도 모른 척이라니. 게다가 얼굴에 생각이 다 드러났다.

"이름이 성은이지? 우리 친구 할까?"

"응! 아저씨가 우리 동갑이랬어."

고개를 끄덕이며 좋아하는 그녀의 모습에서 미래의 류성은은 찾아볼 수 없었다.

아마 이젠 영원히 그럴 것이다.

"거북이랑 토끼랑 놀고 있었나 보네?"

"우와! 너한테도 그렇게 보여? 여기가 토끼 얼굴이고, 여기가 꼬리야. 그리고……."

성은인 내 손을 꼭 잡고 토끼바위와 거북이바위를 설명해 주었고 난 환하게 웃으며 그녀, 아니, 그 애의 말을 들었다.

8개월 후, 우린 친구에서 남매가 되었다.

*   *   *

새벽같이 일어나 동네를 한 바퀴 돈 후 집으로 돌아와 호흡법과 가전 무술을 마치고 나자 익숙한 커피 향이 때를 맞춰 열린 창문으로 들어왔다.

이 주일 전 옆집에 새로운 가족이 이사를 오면서부터 나기 시작한 향기였다.

"이상하네. 이 커피 향이 여기서 나면 안 되는데 뭐가 꼬인 거지?"

평일엔 하는 일이 많아, 지난 주말에 가족 여행을 다녀오느라 확인을 못 했지만 오늘은 반드시 이 커피 향이 나는 이유를 확인할 생각이었다.

샤워를 하고 아래층으로 내려갔다.

부엌으로 들어간 나는 원두를 갈아 커피를 내리는 것을 시작으로 계란과 베이컨을 취향에 따라 굽고 버섯과 감자를 먹기 좋게 구웠다.

마지막으로 동네를 돌며 사 온 빵을 적당히 잘라 접시에 담았다.

"오늘은 좀 빨랐네. 양파를 좀 구울까?"

부엌 뒤쪽 베란다로 나가 양파 두 개를 가지고 와 자른 후 프라이팬에 살짝 구웠다.

그래도 식사 시간까지는 5분 정도 남았다.

무얼 더 할까 생각하다가 고개를 저으며 자리에 앉았다.

"쳇! 행복하게 살려다가 식모가 다 됐네."

깡패 생활을 접고 연예 기획사를 차린 아빠와 연예계 생활을 하느라 바쁜 엄마 덕분에 집안일은 거의 내 몫이 되었다.

물론 내가 새로운 삶을 살게 되었다는 기쁨에 기꺼운 마음으로 시작한 일이었기 때문에 큰 불만은 없었다.

다만 내 생각이 차츰 가정주부처럼 되어간다는 건 마음에 들지 않았다.

잠깐 생각하고 있었더니 어느덧 7시 30분이 가까워져 있었다.

'십, 구, 팔……'

"아함~ 아들, 오늘도 빵이냐? 이왕 하는 김에 국도 하나 끓이고 밥도 좀 하지?"

아버지가 머리를 벅벅 긁고 나오며 두덜댄다. 그렇다고 안 먹지는 않겠다는 듯 식탁에 앉았다.

'칠, 육, 오……'

"토요일, 일요일은 좀 늦게 먹자. 먹고 자면 살찐단 말이야. 넌 어째 융통성이 없니?"

류성은, 아니, 이젠 김성은이 된 호적상 동생은 살찐다면서도 냉장고에서 치즈를 꺼내는 걸 잊지 않았다.

'사, 삼, 이, 일……'

"아들, 잘 잤어? 엄마가 해줘야 하는데 미안해."

전혀 미안한 표정이 아닌 얼굴로 내 이마에 뽀뽀를 한 엄마, 신지영이 마지막으로 식탁에 앉았다.

고작 초등학교 5학년에 불과한 내가 가정주부처럼 하는 이유는 혼자 먹지 않아도 된다는 이유 때문이기도 했다. 즉, 가족이 모이지 않으면 굳이 이런 일은 할 이유가 없었다. 그것이 투덜대면서도 세 사람이 내가 정한 시간에 깨어나 식탁으로 오는 이유였다.

참고로 엄마 신지영은 나보다 음식 솜씨가 못했다.

"음음! 맛있다. 한데 아들, 다음 주 화요일 날 이진수 PD와 만나기로 한 거 잊지 않았지?"

"…꼭 해야 해요?"

"응. 이런 기회가 어디 흔한 줄 아니?"

우연히 엄마를 통해 네 사진을 본 이진수 PD는 자신이 생각하는 등장인물 캐릭터와 내가 잘 어울리는 것 같다고 카메라 테스트 제안했다.

"근데 그거 고등학생들 얘기라면서요. 저 초등학생이에요, 엄마."

"야! 누가 널 초등학생으로 봐! 내 친구 중에 한 명이 널 보고 '저 아저씨 존나 잘생겼다'고 하더라."

"꼬맹이, 오버하지 마. 나보다 큰 애들도 꽤 있거든."

지금 키가 173이었다. 잘 먹고 잘 자고 적당한 운동이 더해지면서 기억 속 어린 시절보다 5센티나 더 큰 것이다.

"흥! 나도 평균 이상은 되거든. 네가 길쭉한 것뿐이야, 이 말라깽이야."

성장기였기에 근육 운동은 최소한으로 하고 있었다. 그래서인지 상당히 마른 편이긴 했다.

"그만해, 딸. 어째 넌 항상 오빠한테 시비니. 아무튼 될지 안 될지도 모르는 상태에서 미리 겁먹을 필요 없지 않을까? 엄만 하는 걸로 알고 있을게."

"네. 그럴게요. 학교엔 엄마가 전화해 주세요."

이번 생을 계획대로 살아가기 위해선 많은 돈이 필요했다. 그래서 지금도 할아버지의 이름을 빌려 열심히 벌고 있었는데 더 많이 번다고 나쁠 것은 없었다.

시끌벅적하진 않지만 가벼운 대화가 오고 가던 아침 식사가 끝이 났다.

"설거지는 엄마가 할 테니 넌 네 할 일 하렴."

엄만 연기 생활을 하면서도 할 수 있는 한 가족을 위해 뭔가를 하려 했다. 내가 5분이면 할 일을 20분이 넘게 끙끙대며 할 게 분명했다.

"잘 먹었어요, 엄마. 밖에 나갔다 올게요."

엄마의 마음을 알기에 설거지는 내버려 두기로 했다.

"데이트 가는 거니? 엄마가 용돈 줄까?"

"…산책이요."

"그래, 너만 한 때는 산책이 가장 좋은 데이트지. 잘 다녀오렴."

엄마는 간혹 내 나이를 착각하고 있는 게 분명했다.

물론 엄마만 착각하는 건 아니었다. 간혹 근처에 사는 중,

고등학생들도 착각해서 우편함에 연애편지를 넣고 가곤 했다.

집에서 나온 나는 5분 거리에 있는 공원에서 시간을 보내다 10시가 넘어서 집들이용 휴지를 사서 옆집으로 향했다.

그리고 문 앞에 서서 길게 호흡을 한번 하고 벨을 눌렀다.

"흐으음~ 이번 것이 가장 좋구나. 향도 향이지만 맛이 커피를 싫어하는 사람도 좋아할 만큼 대단하구나. 이제 아빠가 너한테 배워야겠다."

커피를 마신 아빠의 소감에 허진경은 정말 기쁜 표정을 지었다.

그러나 곧 마루 가득 있는 커피들을 보며 가볍게 한숨을 쉬었다. 허진경이 머릿속에 그리던 레시피대로 아침부터 만들기 시작한 커피가 대청마루 가득이었다.

만들 땐 몰랐는데 버리자니 아깝고 놔두자니 맛이 이상해질 게 분명했기 때문이었다.

"그나저나 이 많은 커피를 어떻게 해요? 예전이라면 손님들에게 맛보라고 한 잔씩 줬을 텐데……."

"냉장고에 넣어둬라. 너 유학 가고 나면 네 생각 날 때마다 아빠가 먹으란다."

"…아빠, 그게 무슨 말이세요? 유학은 좀 더 시간을 가진 후에 가기로 했잖아요?"

올해 고3인 허진경은 국내 최고의 명문대는 물론이고 미국 명문 대학교에서도 러브콜이 왔다. 그러나 가정 형편상 4년 장학금을 주는 국내 대학을 선택할 수밖에 없었다.

작은아버지가 물심양면으로 도와주고 있지만 유학 자금까지 대달라 할 수는 없는 일이었다. 그래서 대학을 다니면서 기회를 엿보기로 한 것이다.

게다가 작은아버지가 현재 이사 온 이 집을 구해주는 대신 부탁한 일도 해야 했다.

한데 뜬금없이 유학 애기를 꺼내니 혹시 몸이 많이 불편한 그녀의 아버지가 머리에도 이상이 생겼나 싶어 허진경의 얼굴은 걱정이 가득했다.

"녀석하곤. 아직까지 내 정신은 멀쩡하니 그런 표정 짓지 마라. 네 작은아버지인 종욱이가 그제 집에 다녀갔었다."

허진경은 허종욱에 대한 언급에 얼굴이 살짝 어두워졌다.

허종욱이 그녀의 집에 해준 일들을 생각하면 평생 은혜를 갚아도 부족할 만큼 고마웠다. 이번에 이사한 일만 해도 그랬다.

몸이 불편한 그녀의 아버지가 지내기엔 예전의 집은 너무 좁고 불편한 공간이었다. 외출 한번 하려면 온 가족들이 진땀을 빼야 가능할 정도였다. 한데 허종욱이 무리를 해서 새집을 구해준 것이다.

새집은 마당과 작은 정원이 있고 휠체어를 탄 그녀의 아버지가 어느 누구의 도움을 받지 않고 외출까지 할 수 있을 정도로 싹 리모델링된 고급 주택이었다.

단 하나 그녀의 마음에 걸렸던 건 옆집에 사는 초등학생을 지켜보라는 조건이 있었다는 것이다.

물론 해준 것에 비해 정말 사소한 일에 불과하다는 건 잘 알고 있었다.

그러나 가정 형편 때문에 철이 일찍 들었다곤 하지만 그녀도 아직은 자신이 원하는 것을 하고 싶은 사춘기 소녀였다.

그녀라고 왜 입학을 허락한 미국 명문대로 가고 싶지 않겠는가.

"옆집 소년을 지켜봐 달라는 건 없었던 일로 하자더구나. 그리고 네 작은아버지가 힘을 쓴 건지 우당에서 네 유학 비용을 전액 장학금으로 대주기로 했단다. 지낼 곳을 구하고 있다니 정해지는 대로 바로 출발해야 한다더구나."

"저, 정말로요?"

"응. 조건이 있긴 한데 전혀 나쁠 것도 없단다. 혹시 나중에 한국에 들어와 취업을 할 때 재단을 먼저 고려해 달라는 것이었다. 물론 강제 사항은 아니고."

허진경은 기쁜 마음을 내색하려 하지 않았지만 자신도 모르게 자꾸 웃음이 나왔다.

"감사 인사 드려야겠어요. 지금 집에 계시겠죠?"

허진경은 당장 허종욱에게 달려가 자신이 잠시나마 불만을 가졌다는 걸 사과드리고 이번 일에 대해 감사드리고 싶었다.

"무슨 희망재단인가 하는 새로운 재단을 만들어야 해서 한

동안 주말도 없이 바쁠 거란다. 저녁에 전화를 하면 될 게다."

그러겠노라 대답하고 커피를 페트병에 담고 있는데 벨소리가 들렸다.

"제가 열게요."

인터폰으로 달려가서 누가 온 건지 확인한 허진경은 화들짝 놀랐다.

자신이 지켜보기로 했던 옆집 소년이 온 것이다. 두루마리 휴지를 들고 있는 건지 인사를 온 것 같았다.

"누구세요?"

작은아버지와 연관이 있는 아이인 것 같아 일단 모른 척하기로 하고 버튼을 누르며 말했다.

―옆집에서 왔어요. 지난주에 이사 오셨죠? 인사나 드릴까 하고 왔어요.

"들어오세요."

신원이 확실한데 거절하는 것도 이상할 것 같아 문을 열어 줬다.

마당으로 들어오는 김철은 초등학교 5학년이라는 걸 몰랐다면 자신의 또래라고 해도 믿을 정도 키가 컸고 어른스러웠다.

"안녕하세요. 저기 창문이 제 방이에요. 이건 하시는 일 술술 풀리라고 사 왔어요."

"고마워… 요."

반말을 하려다가 아직 정식으로 인사를 한 적이 없다는 걸 깨닫고 '요'를 붙였다.

"중학생? 아님 고등학생?"

"고등학생… 이에요."

"그럼 누나네요. 전 초등학생이니 말 편하게 하세요. 아! 그리고 참고로 전 코는 안 흘리고 다녀요."

"에?"

"그냥 그렇다고요. 와! 여긴 턱이 없네요. 화단도 누가 가꾼 건지 예쁘고요."

전해줬으면 갈 것이지 김철은 능청스럽게 집 구경을 하며 안으로 들어갔다. 게다가 마루에 앉아 있는 그녀의 아버지를 보고 조르르 달려가 인사를 했다.

"어? 아버님도 계셨네요. 안녕하세요. 전 옆집에 사는 김철이라고 합니다."

"허허허, 어서 와요. 빈손으로 와도 되는데 뭘 저런 걸 가져 왔어요?"

"말씀 편하게 하세요. 저 이제 12살이에요. 아! 물론 커피는 무척 좋아합니다."

"허허허! 그럼 커피 한 잔 마실래?"

"예! 사실 아침마다 전해오는 커피 향에 담이라도 넘어서 오고 싶었어요."

"그랬구나. 진경아, 손님께 아까 내가 마지막으로 끓인 커피 좀 만들어주렴."

"누나 이름이 진경이었구나. 이왕이면 아이스로 부탁해요."

'무슨 애가 저래.'

허진경이 보기에 김철의 넉살은 장난이 아니었다.

마루에 떡하니 앉더니 그녀가 커피를 가져다줄 때까지 그녀의 아버지와 박장대소를 하며 얘기를 나누고 있었다.

허진경은 별로 상대하고 싶지 않아 커피를 전해주고 자신의 방으로 가려는데 아버지가 조용히 불렀다.

"아빠가 피곤하니까 꼬마 손님이 갈 때까지 말상대나 해주렴."

"아빠!"

허진경은 싫다는 듯 아빠를 불렀지만 그는 이미 김철을 향해 말하고 있었다.

"난 잠깐 쉬어야 할 것 같으니 넌 천천히 커피 마시고 가렴."

"혜혜혜! 그럴게요. 그리고 아저씨, 감사드려요. 커피도, … 여러모로요."

"이웃사촌끼리 감사는 무슨. 그리고 커피 마시고 싶으면 언제든 오렴. 환영하마."

그녀의 아버지가 휠체어를 타고 안으로 들어갈 때 김철은 자리에서 일어나 정중하게 고개를 숙이며 인사를 했고 그 모습에 허진경은 김철에 대해 약간 달리 생각하게 되었다.

"…커피 맛있니?"

김철의 옆에 앉으며 물었다.

"이 커피를 마시기 위해 10년을 기다려 왔다는 걸 누난 모를 거예요. 몇 년은 더 걸릴 줄 알았는데."

말에 두서가 없고 이해할 수 없는 것이 초등학생은 초등학생인 모양이었다.

그래도 맛있다고 칭찬하는 것임은 알 수 있었기에 기분이 좋아졌다.

"참! 아저씨한테 들었는데 누나 유학 간다면서요? 공부를 잘하나 봐요?"

"조금."

"누나 없을 때도 놀러 와도 되죠? 아저씨가 커피 만드는 법을 가르쳐 준다고 하셨거든요."

"많이 아프신 분이야."

"걱정 말아요. 그 정도는 아니까. 그리고 제가 아는 의사 선생님도 계세요. 언제든 급할 땐 부르면 돼요."

착각일까, 마치 김철이 자신의 아버지를 돌보겠다는 말처럼 들렸다.

기특하다는 생각이 약간 들긴 했지만 그보다는 어이가 없었다.

"꼬맹아. 귀찮게 하지만 마."

"누나보다 크거든요. 아무튼 전 이만 가봐야겠어요. 커피 잘 마셨어요. 유학 잘 다녀오시고요."

"그, 그래, 고맙다."

김철은 들어올 때와 마찬가지로 갑자기 일어나서 꾸벅 인사를 하고 마당을 가로질러 갔다.

'정말 특이한 애네. 쟤네 부모님들이 꽤 골치 아파 하겠구나.'

"아참! 누나."

"으, 응?"

갑자기 돌아서는 바람에 허진경은 뒷담화를 하다 걸린 사람처럼 화들짝 놀랐다.

"미국에 가서 결혼할 사람도 구해서 오세요."

"무, 무슨 소리야! 대학 끝나면 바로 올 거야."

"아마 그렇게 안 될걸요. 아무튼 진짜로 가요."

끝까지 이상한 말을 하고 김철은 떠났다.

꼬맹이가 꺼낸 결혼 얘기에 잠시 어안이 벙벙해 있던 허진경은 아직 커피를 다 치우지 못했음을 깨닫고 부지런히 움직이기 시작했다.

제8장

바꾸다

"성은아, 나 오늘 너희 집에 놀러 가면 안 돼?"

김성은은 중학생이 되고 사귄 친구 중에 가장 친한 친구의 말에 드디어 올 것이 왔다는 생각에 친구가 눈치채지 못하게 살짝 인상을 찌푸렸다가 폈다.

집이 금방 허물어질 듯한 초가집도 아니고, 누가 데려오지 말라고 하는 것도 아니었다.

문제는 친구들의 방문 목적이었고 방문 이후에 어김없이 어색한 사이가 된다는 것이다.

'다 망할 철이 녀석 때문이야! 왜 학교에 나타나서는……'

초등학교 때 김철이 드라마에 출연하면서부터 친구들의 가정방문(?)은 심해졌다. 그리고 방문 후엔 어김없이 친구 사이가 깨졌다.

물론 온전히 김철의 잘못이라고 볼 순 없었다.

그는 단지 고백을 거절한 것뿐이었다.

'거절할 거라면 잘해주질 말든가. 아주 여자를 홀리게 만들어놓고 고백하면 거절해! 게다가 트라우마 때문에 냉정하게 대하지 못한다고? 말이야, 방구야!'

김성은은 초등학교 때 그런 일을 겪은 후 중학생이 된 후에 친구들에게 가족에 대해 아무 말도 하지 않았다. 그럼에도 불구하고 어떻게 알았는지 가정방문을 하겠다는 친구들이 있었고 결과는 언제나처럼 똑같았다.

다행인 점은 아는 사람이 소수에 불과하다는 정도였다. 일주일 전에 김철이 교문 앞에서 그녀를 기다리는 바람에 학교에 소문이 나기 전까진 말이다.

"…오늘? 학원은 어쩌고?"

"땡땡이치면 되지. 왜, 곤란해?"

"아, 아니, 그런 게 아니라……."

재빨리 핑곗거리를 생각해 보았다. 그러나 가족이 누구인지만 빼곤 아침저녁으로 뭘 먹고 사는지도 알고 있을 정도로 친한 사이였기에 적당한 핑곗거리가 떠오를 리가 없었다.

"혹시 오빠 때문에 고민하는 거라면 걱정하지 않아도 돼. 팬으로서 관심이 있지만 그뿐이야. 오빠 일로 너랑 소원해지는 일은 절대 없을 거야."

이런 말까지 나오면 안 데리고 가는 것도 친구 사이를 갈라
놓을 수 있었다.

"그래, 가자. 그리고 미안해. 네가 철이 팬이라고 할 때 얘기
해 주고 싶었는데……. 너랑은 정말 오랫동안 친구로 지내고
싶었거든."

"괜찮아. 사실 나도 소문으로 김철이랑 너랑 관계를 알고
있었어. 다만 네가 얘기해 줄 때까지 기다렸는데 전교생이 다
알게 된 마당에 모르는 척하는 것도 우습잖아."

김성은은 어쩌면 이번엔 괜찮지 않을까 하는 생각이 들었
다. 그러나 기대를 하면 그만큼 아프다는 것을 알기에 절반쯤
포기하고 최정연을 데리고 집으로 갔다.

"…아직 학교에서 안 왔나 보네?"

인기척이 없는 집을 둘러보며 최정연이 안타까운 표정을 지
으며 중얼거렸다.

"특별한 일 없으면 곧 올 거야. 딱히 나다니는 걸 좋아하지
않거든."

이왕 이렇게 된 거 더 이상 숨길 필요가 없다 생각한 김성
은은 마음 편히 얘기하기로 했다.

"그래? TV에 나오는 이미지랑 딴판이네."

"아니. 재수 없는 부분은 닮았어. 노는 것 같은데 공부는
전교 일등이고, 웬만한 요리도 만들고……."

"요리도 해?"

"지난 봄 소풍 때 네가 맛있다고 했던 도시락, 철이가 만든 거야."

"헐~ 대박!"

"아무튼 설렁설렁 하는데도 뭐든 잘하는 타입이야."

"으~ 완전 재수 없는 스타일이긴 한데 오빠가 그렇다니 완전 멋있다! 그래도 오빠가 앞치마 두른 모습은 상상이 안 간다. 그나저나 오빠 방은 어디야?"

"위층에 있어. 한데 언제나 잠겨 있어서 들어갈 수가 없어. 그리고 동갑인데 오빠는 무슨……."

"나이완 상관없이 오빠인 거야. 팬클럽에 가보면 나이 많은 언니들도 오빠라고 부른다니까."

"그래도 제발 오빠라고 부르지 마. 나한테도 오빠라고 안 부른다고 얼마나 구박하는데."

"에? 천하의 성은이를 구박한다고? 가만! 네 성격에 가만히 있지는 않았을 테고 혹시 우리 오빠를 때렸니?"

"얘가 점점……."

"헤헤헤! 오빠가 맞는 상상을 했더니 잠깐 흥분했네. 쏘리."

최정연은 학교 일대에서 유명할 정도로 예뻤고 그에 걸맞게 꽤 도도했다. 한데 그런 도도한 모습조차도 너무 자연스러워 누구든 수긍하는 편이었다.

한데 오늘 모습은 좋아하는 사람을 만나기 전 잔뜩 긴장한 소녀처럼 들떠 있었고 평소에 보이지 않던 모습을 보여주고 있었다.

"에휴~ 그 인간 얼마나 강한지 넌 모를 거야. 간혹 대련하면 1분도 못 버텨."

"에엑! 정말?"

"말했잖아. 못하는 게 없다고."

"근데 오빠 여자 친구는 없어?"

최정연은 그동안 묻고 싶은 걸 어떻게 참았을까 싶을 정도로 계속 물어왔다.

"응, 없어. 있었으면 내가 가장 먼저 소문을 퍼뜨렸을 거야."

"어떤… 스타일을 좋아해?"

"내가 하도 열이 받아서 물어본 적이 있었어. 그랬더니 예쁘면서도 섹시하고, 도도하면서도 여리고, 어려 보이는 듯하면서도 성숙한 여자라나 뭐라나. 그런 여자가 왜 지를 좋아하겠어? 안 그래?"

"딱 나 아냐?"

"예쁘고 도도한 것까지 맞는데 섹시하곤 거리가 멀지 않니? 게다가 여리고 성숙하다는 말과는……. 글쎄."

"흥! 이 정도면 섹시하지 않아?"

일어서서 섹시한 표정을 짓는 모습에 성은은 웃음을 터뜨렸다.

"풉! 너 철이 앞에서 그런 포즈 취하면 그땐 내가 먼저 절교

할 거야."

"뭐라고? 절교라는 말이 그렇게 쉽게 나와?"

최정연은 기분 나쁜 듯 노려보았지만 웃고 있었고 곧 성은
에게 달려들어 그녀를 간지럽혔다.

"아악! 저, 저리 가. 간지러워. 깔깔깔! 너도 당해봐라."

"오, 옷을 들추는 건 바, 반칙이야! 호호호호! 이게!"

나중에야 어떻게 됐든 지금은 마늘 구르는 것만 봐도 웃음
이 터질 나이였다.

두 사람은 소파에서 뒤엉켜 장난을 치느라 문을 들고 김철
이 들어오는 것을 보지 못했다.

김성은과 장난을 치던 최정연은 문득 현관을 봤다가 김철
이 빤히 자신을 쳐다보고 있다는 걸 깨닫곤 김성은에게 '왔
어! 왔어!'를 반복하며 재빨리 옷을 바로 했다.

'얼마나 오랫동안 기다려 왔는데…… 하필 이럴 때 들어오
다니.'

1학년 때 김성은과 친구가 되고 한 학기가 지났을 때 그녀
가 김철의 여동생이라는 걸 알게 되었다.

당장에라도 김성은에게 김철을 보게 해달라고 말하고 싶었
지만 겉으로 보기와 달리 내성적인 그녀로서는 말을 꺼내기
힘들었다.

게다가 시간이 지나 김성은이 김철을 소개해 줬던 친구들

과 어떻게 되었는지 소문까지 듣게 되니 말을 꺼내기는 더욱 힘들어졌었다.

결국 1년이 넘도록 말을 못 하고 있었는데, 김철이 교문 앞에 나타나 여동생인 김성은을 만나기 위해서 왔다는 소문이 학교에 퍼지자 이때다 싶어 용기를 내 말을 한 것이었다.

'혹시 아까 장난칠 때 이상한 곳을 본 건 아니겠지? 아닐 거야! 아니어야만 해!'

거울을 보고 머리와 옷매무새를 바로 하고 싶었지만 여의치 않았기에 느낌만으로 서둘러 매만졌다. 그리고 김성은에게 얼른 인사를 시켜달라고 눈치를 줬다.

"인기척이라도 주고 들어와라! 여긴 내 절친인 최정연이야. 절친! 절친!"

다소 이상한 소개였지만 인사할 기회를 얻은 그녀는 쭈뼛거리며 인사를 했다.

"…안녕하세요, 최정연이에요."

살짝 고개를 숙이고 고개를 들었는데 김철은 아무 말 없이 자신을 뚫어지게 쳐다볼 뿐이었다.

'어떻게 해! 첫인상이 안 좋았나 봐! 무슨 이런 애가 다 있어 하는 눈빛이잖아.'

최정연은 김철의 눈빛을 오해하고 안절부절못했다. 그리고 그제야 김철은 빙긋이 웃으며 말했다.

"김철이야. 성은이 절친이면 나랑도 동갑이잖아? 말 편하게 하자."

"네, 오빠."

"하하! 말 편하게 하자니까. 성은이도 뭔가 부탁할 때가 아니면 오빠라는 말은 절대 안 써. 너도 혹시 나에게 부탁할 거 있니?"

'예! 저랑 사귀어주세요!'라는 말은 생각뿐이었다.

"아, 아니……."

"편하게 말하니 좋잖아. 근데 김성은, 넌 어째 손님이 왔는데 아무것도 대접을 안 했냐?"

"어차피 네가 할 거잖아. 우리 배고프니까 맛있는 걸로 부탁해~"

"참나. 해물크림파스타 좋아해?"

"제… 내가 제일 좋아하는 거야."

"잠깐만 씻고 금방 만들어줄 테니까 재미있게 놀고 있어. 참! 아까처럼은 놀지 마. 다 보이더라."

최정연은 얼굴이 화끈해져서 쥐구멍이라도 찾고 싶었는데 농담이라는 듯 웃고 가는 모습에 얼굴이 더욱 빨개졌다.

"에휴~ 중증이다, 중증."

김성은의 말은 들리지도 않았다.

"우와! 이걸 진짜 네가 했어? 내가 지금까지 먹어본 파스타 중에 제일 맛있어."

"그 정도까지야. 다행히 입맛에 맞나 보네."

소문에 들은 대로 김철은 친절했다. 농담도 곧잘 했고 대화를 이끌 줄 알아 웃고 떠들다 보니 시간 가는 줄도 몰랐다.

한편으로는 가슴이 두근거릴 정도로 행복했지만 다른 한편으로는 다른 여자애들처럼 똑같은 수순을 밟고 있는 것 같아 불안했다.

'왜 철이의 별명이 하트브레이커인지 알 것 같아.'

김철이 다가온다는 느낌은 전혀 없었다. 그가 대하는 것은 동생의 친구 그 이상도 이하도 아니었다.

차갑진 않은데 접근을 불허하는 느낌이랄까.

그런 그의 행동에 묘하게 상처를 입었다.

'처음부터 아예 빌미를 주지 않아 단념하게 만드니 좋다고 해야 하는 건지.'

최정연은 소문을 듣고 이해가 되지 않는 게 있었다.

왜 처음 만나는 날 고백을 해서 거절을 당하냐는 것이었다.

팬의 입장에선 그를 자주 본 것 같고 아주 친한 사이처럼 느껴지지만 막상 김철의 입장에선 처음 보는 사람 아닌가.

처음 보는 동생 친구가 고백을 하는데 선뜻 그러자고 말할 사람이 과연 얼마나 될까.

한데 막상 만나고 나니 고백한 이들의 마음이 이해됐다. 대부분 고백이라도 해보고 포기하자는 심정이 아니었을까 싶었다.

"이제 슬슬 가봐야 할 시간이지 않아?"

머릿속으로 이런저런 고민을 하고 있는데 어느새 8시가 다 되어가고 있었다.

"성은아, 이거 택시비. 네가 데려다주고 택시 타고 돌아와."

"됐어. 얘네 집 걸어서 15분 거리야. 소화도 시킬 겸 데려다주고 올게."

김철과 김성은의 얘기를 가만히 듣고 있던 최정연은 어디서 용기가 났는지 한마디 했다.

"철이 네가 데려다줘."

"최정연!"

김성은이 놀란 듯 이름을 불렀지만 무시하고 계속 말했다.

"할 말이 있어. 그러니 네가 데려다줘. 부탁해, 오빠."

아까 들었던 말을 생각해 오빠라고 불렀다.

"훗! 성은이 친구라더니 어쩜 그리 비슷하냐. 성은이가 허락하면 데려다줄게."

김철이 결정을 김성은에게 넘겼고 김성은은 별수 없다는 듯 고개를 끄덕였다.

최정연은 김철과 함께 집을 나설 수 있었다.

그녀는 막상 김철과 같이 나왔지만 뭐라고 말을 해야 할지 몰랐다. 그저 김철이 묻는 질문에 답을 하다 보니 집이 지척에 이르렀다.

"…이 앞 공원에서 잠깐 얘기하고 가면 안 돼?"

"할 얘기는 있고?"

"그게……."

"장난이야. 천천히 생각해. 12년을 기다렸는데 1, 2년쯤 더 못 기다릴까."

"응?"

"혼자의 비밀인데 그것도 가슴속에 너무 묻어만 두니까 버티기가 힘들더라. 그래서 이렇게 혼잣말인 척 떠들어. 신경 쓸 필요 없어. 음료수나 한 잔씩 마시며 얘기할까?"

"맛있는 간식과 저녁을 얻어먹었으니 음료수는 내가 살게."

음료수를 사서 공원의 빈 벤치에 앉았다. 기껏 공원까지 데려와 놓고 또 말없이 있을 수 없었기에 용기를 내 말을 걸었다.

"혹시… 여친 있어?"

"아니. 한데 조만간 생길 것 같아. 물론 받아줄지는 미지수지만."

'혹시 나?!'

최정연은 그의 말하는 투나 표정이 분명 자신을 말하고 있다고 생각했다.

집에 있을 때완 확실히 달랐다.

심장이 미친 듯이 뛰었지만 아닐 경우를 생각해 봐서 좀 더 확인해 보기로 했다.

"안 받아주면 어쩔 생각이니?"

"기다릴 거야. 이제 말을 텄으니 기다리기가 한결 수월하지 않을까? 아니, 더 힘들라나?"

'분명 나인 것 같아! 하, 한 번만 더……'

"누구인지 몰라도 엄청 부럽다. 내가 그 사람이었으면 좋겠다. 헤헤!"

"……."

김철은 가타부타 말없이 그녀를 빤히 쳐다봤다. 아주 짧은 순간이었지만 고백이나 다름없는 말을 한 그녀에겐 무척 길게 느껴졌다.

'그 사람이 나라고, 사귀자고 말해. 그럼 그러자고 냉큼 말해줄게.'

김철의 입이 서서히 열렸다.

"네가 그 사람이야. 힘들게 하지 않도록 노력할게. 네가 싫다고 하기 전까지 절대 떠나지 않을게. 나 너 좋아해도 될까?"

"……!"

단순한 고백이라기보단 마치 프러포즈 같았다. 그래서일까. 장난 같아 선뜻 대답이 나오지 않았다.

그러나 그의 슬퍼 보이기까지 하는 눈빛을 보는 순간 장난이 아님을 알게 되었다.

"…응, 나도 네가 좋아."

"고마워!"

"헉! 그, 그렇다고 갑자기 이러는 건……."

최정연은 갑자기 자신을 와락 껴안는 김철을 밀어내려 했다. 한데 그의 속삭임에 힘이 빠졌다.

"조금만… 조금만 이대로 있어주라. 얼마나 널 보고 싶었는지, 얼마나 널 안고 싶었는지 모를 거야. 잠깐이면 두 번 다시 악몽을 꾸진 않을 것 같아."

목소리가 젖어 있었고 그가 기대고 있는 어깨 부근이 축축해지는 것이 울고 있는 것 같았다.

어찌할 바를 몰라 하던 최정연은 가볍게 그의 등을 토닥이며 중얼거렸다.

"괜찮아, 괜찮아! 다 잘될 거야."

*　　　　　*　　　　　*

사라진 미래에서 만들었던 인연들을 어떻게 해야 할지 고민했다.

다시 손을 대자니 귀찮은 일이 많을 것 같았기에 그냥 두자는 쪽으로 결론을 내렸었다.

10살 이전까지는 말이다.

스물아홉까지의 기억, 두 번 과거를 바꿨던 기억, 과거, 현재, 미래 할 것 없이 수많은 사람들의 기억을 가진 나에겐 어린애의 삶은 맞지 않았다.

사회 경험은 충분히 쌓았고, 공부할 것들은 머릿속에 다 있었다.

그래서 시간을 보내기 위해 책 읽기나 요리, 컴퓨터, 커피 타기 등을 배웠고 틈틈이 미래 정보를 이용해 돈을 벌었다.

사실 돈 벌기는 종잣돈 모으기가 힘들었지 일단 종잣돈을 마련하고부터는 탄탄대로였다. 게다가 돈도 어느 정도 모이자 급속도로 불어나기 시작했다.

물려받기로 되어 있던 재산은 대부분 국민희망재단에 넘긴 상태였지만 시간이 지나면 더 큰 부자가 될 게 분명했다.

취미와 돈 모으기까지 어느 궤도에 올라서자 생각할 시간이 많아졌다. 결국 마음에 걸렸던 미래의 인연들에게 다시 손을 대기로 했다.

가장 먼저 장석훈이었다.

"형, 왔어요?"

"잘 지냈어? 공부는 잘하고 있고?"

"이번에 반에서 2등 했어요. 헤헤!"

처음 장석훈을 다시 만난 건 내가 중학교 1학년 때 봉사 활동을 핑계로 그가 지내던 육아원을 찾아갔을 때였다.

예전에 처음 만났을 때 꽤 사나웠던 것과 달리 초등학교 6학년인 그는 장난꾸러기이긴 했지만 정에 굶주린 아이에 불과했다.

그 후로 틈틈이 방문하면서 육아원을 도왔고 알게 모르게 석훈이에게 신경을 썼다.

아이들은 자신을 좋아하는 사람이나 싫어하는 사람을 기가 막히게 안다고 했던가. 석훈이는 어느 순간부터 급속도로 나를 따르더니 날 우상처럼 생각하고 있었다.

"대단한데. 지금처럼만 하면 나중에 대학은 걱정 없겠다."

"제 주제에 무슨……."

"네가 어때서. 장학금 받고 진학하면 좋겠지만 안 되면 내가 책임진다."

"말이라도 고마워요, 형."

한 살 위인 내가 그런 말을 해서 믿기지 않는 모양이었다. 아무래도 원장님께 석훈이에게 동기부여를 해달라고 부탁해야겠다.

"근데 넌 나중에 뭐가 되고 싶어?"

"형하고 같이 일하고 싶어요. 매니저를 하면 좋겠지만 안 되면 심부름이라도 할게요."

"잘됐네. 그럼 열심히 공부해서 나중에 형이 만드는 기획사에서 일 좀 해라. 너라면 분명 잘할 거야."

"헤헤헤! 맡겨만 주세요."

석훈은 쑥스러운지 머리를 긁적이면서도 내가 믿는다는 것이 기쁜지 환하게 웃었다.

"자! 수다는 적당히 떨었으니 본격적으로 일을 해볼까?"

"저도 도울게요."

"그럼 안 도우려 했냐? 오늘 날씨가 좋으니까 일단 애들 기저귀부터 빨자. 넌 기저귀 걷어 와. 난 물 받아놓고 있을게."

기저귓값을 하라고 충분히 기부금을 줬음에도 원장 선생님은 천 기저귀를 사용했다. 그리고 그 돈으로 원생을 늘리고 있었다.

얼마를 기부하든 바뀔 것 같지 않았기에 이젠 포기 상태였다.

"옛썰!"

장난스럽게 경례를 하고 석훈은 아기들이 있는 방으로 뛰어 갔고 난 붉은색 큰 통에 물을 받았다.

*　　*　　*

태어나면서부터 악한 사람이 있을까?

난 성선설을 믿는다.

DNA에 악인이 되는 유전자가 발견된다면 그땐 모르겠지만 어떤 환경에서 자라느냐가 인성을 좌우한다고 믿는다.

법이 가진 자, 못 가진 자에 상관없이 학연, 지연, 혈연에 상관없이 만인에게 평등하게 적용되었다면 과연 민서준이 떵떵거리며 살 수 있었을까? 아마 그는 삶 전부를 감옥에서 보내야 했을지도 모른다.

여기서 가정을 하나 더해본다.

민서준이 자기가 한 일에 대해 법의 심판을 받았다면 민종수라는 죄의식 없는 괴물이 생겨났을까?

앞서 언급했지만 난 성선설을 믿는다. 그래서 과연 어떻게 될지 두고 보기로 했다.

"…그러니까 네 아는 사람의 집안이 이 민서준이라는 사람에게 풍비박산이 났다는 말이지?"

"네, 큰아빠."

"근데 이 많은 자료는 뭐냐?"

큰아버지는 내가 내민 두툼한 자료를 보면서 살짝 아미를 좁혔다. 그리고 피해자를 심문하는 듯 나를 바라보았다.

그의 의심은 당연했다. 아는 사람의 말을 전한다면서 고작 중학생에 불과한 내가 각종 범죄 사실을 한 보따리 내미는데 의심하지 않을 사람이 어디 있겠는가.

"그분이 주신 자료예요."

거짓말이다.

사라진 미래에 민종수에게 복수를 하기 위해 민서준에 대해서 철저하게 조사했고 그땐 알아낸 정보를 내가 정리한 것이었다.

"혹시라도 사건 조사를 시작하게 되면 검찰로 출두해야 한다. 그때 '그분'이라는 사람이 존재하지 않으면 너도 무사하지 못할 거다."

"목숨의 위협 때문에 지금 당장은 힘들어도 조사가 시작되면 나오실 거예요."

당연히 피해자 정보도 있었고 피해자를 찾아가 설득하는 건 어렵지 않았다.

"너 지금이라도 솔직히 말해라. 이자도 부동산 업자인 것 같은데 혹시 네 일에 방해가 된다고 날 이용해 제거하려는 거 아니냐?"

"큰아빠, 전 평범한 중학생이에요. 그리고 돈을 벌어도 합법 적으로 벌어요. 큰엄마에게 물어보세요. 세금 제대로 내고 번 돈의 절반은 기부도 한단 말이에요."

할아버지 앞으로 날아온 많은 세금 때문에 가족들에게 내가 하는 일의 일부가 들켰다.

아빠 자신도 모르게 어마어마한 재산을 나에게 상속한 일을 겪고 난 후라 별로 신경 안 썼다.

엄만 될성부른 나무에 둥지를 틀 줄 아는 지혜를 가지셨다. 다만 명절날 술을 마시고 친척들에게 시원하게 말해 버리는 실수를 하셨다.

그때부터 난 온 가족에게 자금 지원을 받아 부동산에 투자를 하고 있었다.

"네가 평범하면 우리나라에 평범한 중학생이 몇 명이나 있 겠냐? 아무튼 검토해 보마. 다만 이것만은 알아둬라. 누군가 보낸 투서로 조사를 시작하는 거다. 너도, '그분'이라는 사람 도 난 모른다."

"감사해요, 큰아빠. '그분'이 좋아하실 거예요."

내가 한 일은 여기까지였다. 그리고 내 생각이 맞는지를 지켜봤다.

민서준은 사무실에 앉아 다음 타깃의 재산을 어떻게 빼앗을지 고민하고 있었다.

쾅!

그때 갑자기 문이 거칠게 열렸다.

밖에 전두치가 보내준 애들이 있었음에도 이렇게 들어올 곳은 한 곳뿐이었다.

"민서준 씨, 경찰입니다. 조직폭력배 전두치 씨와 함께 황덕규 씨를 감금, 폭행하고 재산을 갈취한 혐의로 긴급체포 합니다."

"…난 그런 적 없어! 정당한 거래였고……."

"경찰에 가서 얘기하십시오."

미란다의 원칙을 읊은 경찰은 그의 말을 무시하고 그에게 수갑을 채웠다.

'빌어먹을! 이번엔 극도로 조심을 했건만 도대체 누가……?'

경찰에 긴급체포를 당하는 건 이번이 두 번째였다.

3년 전 체포되어 수임료만 수억에 달하는 변호사를 썼음에도 10년간 악착같이 모았던 80억을 몰수당했고 2년 6개월의 실형을 받았었다.

6개월 전에 출소해 한 건 하고 새로운 발판을 마련했다고 생각했는데 다시 경찰이 들이닥친 것이다.

이번엔 비싼 변호사를 고용할 돈도 없었기에 가중처벌까지 더해진다면 족히 7, 8년은 넘게 감옥에 있어야 할 게 뻔했다.

'아! 오늘 종수와 만나기로 했는데.'

빈털터리가 되어 감옥에 가게 되면서 아들인 민종수는 시골 친척 집에 보낼 수밖에 없었다.

출옥을 해서 바로 볼 수도 있었지만 빈털터리인 채로 만날 수 없다는 생각에 한 건을 끝낸 오늘 만나기로 한 것이다.

같이 있을 땐 꽤 말썽쟁이였는데 낯선 외딴 시골에 가서 생활해서인지 요즘은 조용히 지내고 있다고 들었다. 한데 그런 아들에게 또다시 상처를 줄 거라고 생각하니 잡혀가게 된 것보다 그게 더 마음에 걸렸다.

"자, 잠깐만요! 전화 한 통화만 하게 해주세요. 아들이 지금 날 보기 위해 올라오려고 하고 있습니다."

반말을 하던 그는 다급한지 높임말을 쓰며 부탁했다.

"그러게 아들에게 부끄러운 짓을 왜 한 겁니까? 그리고 당신이 초주검으로 만든 황덕규 씨에게도 자식이 있는 건 알고 있습니까?"

"…모든 죄를 순순히 자백할 테니 제발 한 통화만 하게 해주십시오! 제발!"

죄를 순순히 인정하면 경찰로서도 무척 편한 건 사실이었다.

경찰 중 가장 높은 이가 눈치를 주자 한 형사가 전화기를 꺼내 민종수에게 줬다.

그는 수갑을 찬 채로 민종수에게 전화를 걸었다.

—여보세요?

"종수야, 아빠다. 지금 어디냐?"

—시내에 나와서 버스 타려고 기다리고 있어요.

"…아빠가 급한 일이 생겼다. 다시 연락할 테니 외삼촌 집에 가서 기다리려무나."

—…….

"종수야! 종수야!"

—…알았어요. 다만 또 몇 년 기다리게 할 거면 이제 연락 하지 마세요. 고등학교 졸업하자마자 공장이라도 취직해서 독 립할 거예요.

뚝!

민서준은 전화 끊기는 소리가 부자지간의 인연이 끊기는 소 리처럼 들렸다.

경찰에서 순순히 조사가 응한 민서준은 검찰에 송치되었고 재판 결과 순순히 범죄를 인정한 것이 참작되어 5년 형을 선 고받았다.

*　　　*　　　*

"지난번에 지적한 곳은 모두 수리했습니다."

"고생하셨습니다. 잔금은 오늘 내로 입금해 드리도록 하겠습니다."

배운 게 도둑질이라고 모든 유산을 희망재단에 넘길 때 유일하게 남겨둔 건물에 엔터테인먼트 회사를 차렸다. 아버지가 배우 전문이라면 내가 차린 곳은 가수 전문이었다.

물론 아직까지 가수는 한 명도 없지만 말이다.

"철아, 난 뭐 하냐?"

어정쩡하게 서 있던 이민기 사장, 아니, 지금은 내 매니저에 불과한 그가 물었다.

"아직 이렇다 할 일이 없으니까 혹시 언더에 괜찮은 가수가 있는지 다녀보세요."

"넌 어쩌고?"

"저야 일 있을 때만 케어해 주세요. 참! 이왕이면 괜찮은 직원도 일단 한두 명 더 뽑아주시고요."

"그건… 내 친구 중에 석도민이라고 괜찮은 녀석 있는데 어떠냐?"

"석도민이라. 이름부터가 마음에 드네요."

"그럼 데려오마. 연봉은?"

"형보다 조금 적어야겠죠? 며칠이라도 형이 여기서 최고 오래됐잖아요? 전 갈 데가 있어서 내일 봬요."

엘리베이터를 타고 내려가자 로비에 경비원 아저씨와 어린 소녀가 뛰어다니고 있었다.

"어, 철이 오빠다!"

"하하! 지민이구나. 놀러 왔어?"

"응! 며칠 전에 이사 와서 학교가 요 앞이잖아."

"그렇구나. 재미있게 놀다가 가."

귀여움에 머리를 쓰다듬어 주고 나오자 지민의 아버지인 여홍구가 따라 나와 고개를 숙였다.

"미안해, 김철 군. 지민이가 학교를 옮기고 친구가 없어서 놀러 오는 모양인데 내가 단단히 주의를 줄게."

"아이고! 왜 그러세요. 신경 쓰지 마시고 마음껏 뛰놀게 하세요. 집에 가면 사람도 없잖아요. 누가 뭐라 하면 제가 허락한 일이라고 하세요. 그리고 나중에 지민이가 가수 하고 싶다고 하면 우리 회사에 맡겨주시고요. 아셨죠?"

"지민이가 무슨 가수를……. 아무튼 고맙네. 취직도 시켜주고 사정도 봐줘서."

괜찮다고 해도 몇 번이고 고개를 숙이는 여홍구를 뒤로하고 명동으로 향했다.

'지금도 손지남이 여기 사나 모르겠군.'

미래에 산다는 건 알고 있었지만 지금 사는지는 미지수였다.

명패라도 있었으면 좋았겠지만 떳떳하지 못하게 사는 사람답게 그런 건 없었다.

어쩔 수 없이 집으로 들어가는 사람이 있을 때까지 집 근처에 앉아 책을 보며 기다렸다.

일단은 올해 대입 시험을 봐야 하는 수험생이었다.

어두워져서 가로수 아래에서 책을 보는데 세 대의 차가 다가와 집 앞에 섰다.

젊어 보이는 손지남이었다.

"여어~ 꼬맹이, 이쪽으로 오지 말고 가던 길 가라."

오른쪽 눈에 칼자국이 있는 사내가 앞을 가로막으면서 말했다.

사람을 깔보는 듯한 태도가 마음에 안 들었지만 굳이 직접 손을 쓸 필요가 없었다.

"아버지가 손지남 회장님께 말을 전하라고 해서 왔습니다."

"너희 아버지가 누군데?"

"김에 유 자 성 자를 쓰십니다."

"김유성! 네가 유성이의 괴짜 아들놈이구나."

아버지의 이름에 손지남이 반응했다.

"괴짜, 놈은 아니지만 어쨌든 아들은 맞습니다."

"괴짜 맞네. 그래, 유성이가 뭐라고 전하라고 했지?"

"조용히 전하라고 하셨습니다."

"여기 있는 사람들은 내 가족이나 마찬가지니 얘기해도 된다."

쯧쯧! 이랬으니 뒤통수를 제대로 맞은 거다.

"전 오직 손지남 회장님에게만 전하라고 들었습니다. 아님 그냥 오라고 했고요."

"들어오너라."

잠시 생각하던 그는 독대를 허락했다. 안 했으면 자신만 손해였겠지만 말이다.

소파에 앉은 나는 낮은 목소리로 말을 했다.

"오른쪽 눈에 칼자국이 있는 사내를 조심하세요."

"…자세하게 얘기해 보아라."

"회장님은 자리에서 쫓겨나게 될 것이고 따님은 갖은 고초를 겪게 될 겁니다."

"내 오른팔이 날 배신할 거라고 말하는 거냐?"

"더 이상은 천기누설이라 말을 못 합니다."

자리에서 일어났다.

그는 많이 궁금해했지만 내가 해줄 수 있는 건 여기까지였다.

내 말을 믿든지 믿지 않든지 선택은 그의 몫이었다.

*　　　　*　　　　*

"이상으로 수업을 마치겠습니다."

교수가 수업이 끝났음을 알리자 100여 명의 학생들은 각자의 짐을 챙겨서 밖으로 나갔다.

그들 중 유독 느릿느릿하게 책과 노트북을 챙기는 여학생이 있었다.

그녀는 뽀얀 피부에 오뚝한 코, 립스틱을 바르지 않았음에
도 마치 바른 듯한 붉은 입술을 가지고 있었는데 마치 잡지책
에서 뛰쳐나온 외국 모델처럼 미인이었다.

수업 내내 그녀를 힐끔거리던 남학생이 강의실이 거의 비어
갈 때쯤 조심스레 그녀에게 접근했다.

"저… 혹시 시간 되시면 잠깐 얘기 좀 나눌 수 있을까요?"

더운 날도 아닌데 땀을 흘리는 남자의 모습에 여자는 쑥스
럽다는 듯 웃으며 말했다.

"미안해요. 저 아직 열일곱이에요."

"네? 여, 열일곱이요? 아! 경영대의 천재, 이혜린! …이 당신
이었군요. 미안합니다."

남자는 얼굴이 여자의 입술처럼 붉어진 채 황급히 강의실
을 나갔다.

"휴우~ 이젠 어느 정도 알려졌다고 생각했는데. 하긴 전교
생이 몇 명인데 어찌 모두 알겠어. 내년이면 그나마… 후우~
내년에도 신입생들이 들어오는구나."

이혜린은 가볍게 한숨을 내쉬며 강의실을 나섰다.

나이는 열일곱인데 나이답지 않게 성숙한 외모 때문에 입
학하고 나서 하루에 열 번 이상 대시를 받아본 적도 꽤 많았
다.

시간이 지나면서 그런 일이 차츰 줄어들어서 다행이라 생

각했는데 내년을 생각하니 벌써 머리가 아파왔다.

"이혜린!"

자신을 부르는 소리에 고개를 돌려보니 1학년 과 대표였다.

"아! 오빠."

"오늘 졸업 선배들이 저녁 사주시기로 했는데 참석할 거지?"

"아뇨. 내가 참석하면 분위기 이상해지는 거 오빠도 잘 알잖아요."

"오늘은 사람이 많아서 괜찮아. 술은 안 먹더라도 저녁은 먹고 가. 그리고 이제 그때 일은 잊어도 돼. 네가 잘못한 것도 아니잖아. 피해자인 네가 겉도는 게 웃기는 일이라고."

이혜린이라고 모르는 바가 아니었다. 그녀도 학기 초엔 행사마다 참석했고 음료수를 마시면서 어울리려고 노력했었다.

그러나 술버릇은 머리의 좋고 나쁨과 상관이 없었다.

그녀 곁에 있던 남학생들 중 일부가 얼큰하게 술에 취해 그녀에게 억지로 술을 먹이려 했고 성추행도 서슴지 않았다.

이혜린은 참다 참다 폭발했다.

성추행을 한 다섯 명의 학생들을 모조리 경찰에 고발했고 그 때문에 학교가 발칵 뒤집어졌다.

성추행을 한 학생들의 배경이 만만치 않아 학교에서도 그냥 덮으려 했지만 그들은 이혜린의 집안과 비교하면 일반인과 다름이 없었다.

3명은 영구 퇴학을 당했고 나머지 2명은 이혜린의 눈에 띄지 않는다는 조건으로 1년 휴학하는 걸로 마무리가 되었다. 사실 말이 1년 휴학이지 이혜린이 유학이라도 가지 않는 이상 4년간은 휴학을 해야 했다.

이런 일이 생기고 나니 피해자였던 그녀는 마치 가해자가 된 듯 사람들의 기피 대상이 됐다.

몇 명은 그녀를 옹호했지만 대세를 거스르기는 힘든지 지금은 그녀의 주변에 서너 명밖에 남지 않았고 그중 한 명이 과 대표였다.

"말만이라도 고마워요, 오빠. 한데 나 내년에 교환학생으로 유학 갈 것 같아."

"그러냐? 쩝! 어쩔 수 없지. 조만간 점심이라도 같이 먹자. 최근에 일이 바빠 신경 못 써줘서 미안하다."

"별소릴 다 한다. 그럼 갈게요."

과 대표와 헤어진 후 경영대 건물을 나온 이혜린은 주변을 훑어보며 뭔가를 찾으며 중얼거렸다.

"오늘은 어디에 숨어 있는 거죠, 미스터 스토커."

스토커가 있다는 걸 알게 된 건 한 달 전 우연히 디지털카메라 사진을 정리하면서였다.

혼자 있는 시간이 많은 그녀는 풍경이나 셀프카메라 찍는 것을 즐겨 했다. 한데 사진 속 곳곳에 동일한 사람이라고 생각되는 이가 발견이 된 것이다.

더욱 놀라운 건 1학기 때의 사진에도 간간이 그가 잡혔다는 것이었다.

소름이 끼쳤다.

그녀는 그때부터 주변을 조심스럽게 살폈고 멀리서 자신을 보는 스토커를 직접 확인할 수 있었다.

그는 사실 스토커를 하기엔 꽤 눈에 잘 띄는 외형을 지니고 있었다.

꽤 멀리 떨어진 채 모자를 눌러쓰고 있어 얼굴을 확인할 수 없었고 매일같이 바뀌는 헐렁한 옷차림을 하고 있어 몸매가 이렇다고 단정할 수 없었지만 여름에 찍힌 사진 중에는 모델이라고 해도 믿을 만큼 큰 키에 잘빠진 몸매를 가지고 있었다.

실제로 신경을 조금만 써도 단번에 스토커를 찾을 수 있을 정도였다. 그동안 발견 못 한 게 이상할 만큼.

각설하고 그가 스토커임을 확신한 그날로 경호원들에게 알렸다. 그러나 항상 그녀를 따라다니는 3명의 경호원은 그를 잡지 못했다.

그녀의 부모는 위험하다는 생각에 20명의 경호원을 추가로 붙여 그를 잡으려 했지만 그는 홍길동이라도 되는 양 잡히지 않았다.

그다음부터 스토커는 더욱 치밀해졌다. 많은 경호원이 온 날은 어떻게 알았는지 나타나지 않았고 데려오지 않은 날은 나타났다.

'저기 있네!'

오늘은 헐렁한 후드 티를 입은 채였다.

이혜린은 짐짓 모른 척 가던 길을 가면서 호주머니 속의 버튼을 눌렀다.

'이번에도 도망가 봐요, 미스터 스토커!'

이번엔 경호원이 아닌 일반인들을 잔뜩 준비시켰다.

그녀가 신호를 보내자 그녀의 눈에 보이는 절반 가까운 사람이 움찔하는 것을 보아 얼마나 많은 인원을 고용했는지 알 만했다.

"저기 후드 티를 입고 있는 놈이다. 잡아!"

쫓고 쫓기는 추격전이 시작됐다.

그동안 신경 쓰이게 만들었던 스토커의 얼굴이라도 보고 싶었지만 괜스레 있다가 탈출하는 빌미를 제공할 수도 있었기에 서둘러 경호원들이 있는 곳으로 갔다.

"지금 스토커 추격전이 시작됐어요. 과연 어떤……!"

언제나 서 있던 곳의 차에 올라 말을 하다가 차에서 담배 냄새가 나서 고개를 들자 어리둥절한 표정의 남자 셋이 그녀를 보고 있었다.

"죄, 죄송합니다. 차를 착각했네요."

털컥!

차에서 내리려는데 갑자기 차 문이 잠겼다. 그리고 이어 뒷

좌석에 앉아 있던 남자가 재미있다는 듯 말했다.

"야! 이게 웬 떡이냐? 공부 잘하는 것들은 어떻게 꼬셔야 하나 고민했는데 아예 먹어달라고 차에 타네. 야! 출발해."

"큭큭큭! 그러게 말이다. 게다가 완전 연예인급인데 벌써 아래가 뻐근해진다. 이런 애를 우리만 먹는 건 예의가 아니지. 다른 애들한테도 전화 돌려라."

그들의 대화를 듣고 새하얗게 질린 이혜린은 다급하게 창문을 두드리며 외쳤다.

"사, 살려주세요! 살려주세요!"

"씨발! 누가 죽인대? 아! 죽이긴 죽이는 거네. 큭큭큭! 야! 좀 조용히 시켜라. 얼굴에 상처 생기지 않게 조심해라. 보면서 해야 하니까."

"왜, 왜 이러세요! 놔! 놓으라… 흡!"

사내가 손수건으로 입을 막자 이혜린은 시큼한 냄새를 느끼며 정신을 잃었다.

퀴퀴한 곰팡이 냄새와 먼지 냄새가 그녀를 깨웠다. 이어 낄낄거리며 가위바위보를 하는 소리가 들렸다.

잠시 꿈인가 생각했지만 눅눅하고 스프링이 망가진 듯한 매트리스가 느껴지자 현실임을 깨달았다. 그리고 곧 무슨 일이 벌어질지 머릿속에 그려지자 두려움을 넘어선 공포감이 머리를 마비시켰다.

눈을 뜨지 말아야 하지 하면서도 꿈이길 바라며 눈을 떴다.

족히 스무 명이 넘어 보이는 남자들이 눈에 보였다. 그들은 삼삼오오 모여 낄낄대며 담배를 피우고 있었고 몇 명은 검은색 비닐봉지에 고개를 처박고 숨을 내쉬고 뱉기를 반복하고 있었다.

'살려줘요! 엄마, 아빠, 아저씨들! 저 좀 이 지옥에서 구해줘요!'

현실은 잔인하다는 말을 책에서, 그리고 드라마에서 배웠다. 그러나 이 순간 그 말이 가진 잔인함을 확실히 알게 되었다.

"얘들아! 얘 깼다. 나부터 시작할 테니 영상 잘 찍어둬라. 이렇게 예쁜 애를 언제 또 먹어보겠냐."

허리띠를 풀며 다가오는 짐승과 자신의 카메라를 들이밀며 킬킬대는 짐승들.

이혜린은 눈을 질끈 감았다. 자신을 구해줄 사람이 없음을 어렴풋이 느끼면서도 살려달라고 구해달라고 끊임없이 외쳤다.

"아~ 젠장! 7개월을 고생해서 지켜봤는데 하필 오늘이냐. 야! 이혜린! 사람을 얼마나 고용한 거야? 도망치느라 널 놓쳤으면 어쩔 뻔했어. 겨우 오토바이를 훔쳐 타고 따라왔네."

이혜린은 자신의 이름을 언급하는 사내의 목소리에 슬며시 눈을 떴다.

짐승들의 시선도 한 사람에 향해 있었는데 그는 후드 티에 모자를 눌러쓰고 있었다.

'미스터 스토커!'

저 사람이 왜 왔는지 모르지만 짐승들과 한편이 아닌 것만은 분명해 보였다. 왜냐하면 짐승들 중 몇 명은 주변에 널려 있는 각목을 집어 들고 또 몇 명은 호주머니에서 칼을 꺼내고 있었다.

스토커는 그걸 아는지 모르는지 태연하게 말을 이었다.

"너희들 저 여자애가 어느 집안 여자인지는 알고 데려왔냐?"

"야이~ 개새끼야. 조개 따먹는데 어느 집안인지까지 알아야 하냐? 그리고 어느 집안이면 무슨 상관인데. 영상만 확보해 놓으면 꼼짝 못 하거든."

"하여간 머리 대신 좆 대가리만 굴리는 것들이란. 너희들은 물론이고 너희 가족들까지 지옥에 빠뜨릴 수 있는 집안이야. 나한테 고마워해라."

"훗! 우릴 생각해 줘서 좆나 고맙네. 근데 뭘 고마워하냐?"

"너희 가족들은 무사할 거라는 것에."

"미친 새끼가 계속 들어주려고 했더……!"

퍼억!

칼을 들고 다가가며 얘기하던 짐승의 다리 사이에 새로운 다리가 하나 생겼다.

스르르 무너지는 짐승을 스토커는 가만두지 않았다. 칼을 쥐고 있던 팔을 잡더니 '우드득' 소리가 나게 꺾어버렸다.

"사용하려던 무기(?)와 무기를 들고 있는 손은 두 번 다시 못 쓰게 될 거야!"

"개새끼! 죽여!"

짐승들과 스토커의 싸움이 시작되었다.

'제발 이겨줘요.'

이혜린은 스토커가 이기길 응원했다. 그리고 그녀의 응원이 통했을까? 스토커에게 다가간 짐승들은 가랑이 사이를 잡고 쓰러졌고 무기를 들고 있던 이들은 손은 수수깡처럼 꺾여 나갔다.

짐승들은 숫자가 줄어가자 점점 양처럼 변해갔다. 그러나 스토커는 자신이 한 말을 지키려는 듯 사용하려던 무기(?)를 부수고 무기를 든 팔을 꺾었다.

"……"

10분쯤 지났을까. 사위는 조용해졌다. 그리고 폐건물 내부엔 스토커 혼자만 서 있었다.

스토커를 바라보는 이혜린의 눈엔 아까와는 또 다른 공포가 잠시 자리했다. 그러나 곧 그가 은인임을 깨닫곤 더듬더듬 입을 열었다.

"고, 고마… 워요."

"좀 늦었는데 괜찮지?"

"네⋯⋯. 괜, 괜찮아요."

"다행이네. 멍청하게 약속을 해놓고 언제 일어날 일인지 묻지도 않다니⋯⋯."

"네?"

"습관인 혼잣말이야. 아무튼 이제 이 고생도 끝이다. 난 약속 지켰다. 오케이?"

"네? 아! 네네!"

그가 무슨 말을 하는지 이해가 되지 않았지만 왠지 대답해야 할 것 같아서 대답했다.

"좋아! 그럼 한 가지 부탁 좀 하자. 난 귀찮은 건 딱 질색이니까 날 봤다는 건 모른 척해 주라."

"⋯그럴게요."

"고마워. 아! 네 경호원들 왔다. 친절하게 전화까지 해줬는데 이제 오는 꼴이라니. 그럼 난 간다. 참! 스토킹은 나쁜 짓이다."

끝까지 이해 못 할 말을 하고 떠나는 스토커.

그가 사라진 방향을 바라보던 이혜린은 중얼거렸다.

"스토커가 김철이었다니⋯⋯."

그녀와 같은 대학교 법학대 2학년으로 올해 사법시험을 합격한 또 다른 천재.

배우로서 이름을 날리고 있으면서 요즘 한창 인기를 끌고 있는 여배우 최정연과 연인 사이.

부동산 투자로 수천억을 번 자산가로 요조숙녀라는 걸출한 걸 그룹을 키워낸 연예 기획사 S&C의 사장.

"아가씨! 괜찮으십니까!"

경호원들이 들이닥쳤다.

그러나 그녀의 시선은 여전히 김철이 떠난 곳을 바라보고 있었다.

스토킹이 과연 나쁜 것인지 생각하며.

에필로그

　"개똥이 이놈아! 심부름하라니까 슬금슬금 어딜 도망가. 당장 이리 안 와!"

　개똥은 개똥 아범의 말을 한 귀로 듣고 한 귀로 흘리며 집을 뛰어나왔다.

　오늘 동네 친구들과 함께 개구리 잡기로 했는데 이미 늦은 터라 서둘러 걸음을 옮겼다.

　비탈길을 내려가던 그는 눈앞에 커다란 앵두나무가 보이자 걸음을 멈추고 붉게 익은 작은 과실들을 보며 중얼거렸다.

　"쩝쩝! 앵두 먹고 싶다."

　웬만한 집은 하나만 따 먹어도 되냐고 물으면 떨어지지 않도록 조심해서 따 먹으라고 한다.

그러나 눈앞에 큰 앵두나무를 가진 주인 영감은 길거리에서 손만 뻗어도 빗자루를 들고 나오며 버럭버럭 소리를 질러서 엄두가 나지 않았다.

개똥이 입맛을 다시며 쉽게 지나가지 못하고 있는데 바구니에 한가득 앵두를 담은 앵두나무집 주인 영감이 그에게로 올라오고 있었다.

"개똥이구나!"

"…아, 안녕하세요."

개똥은 그에게 호되게 당한 기억이 있었기에 몸을 옆으로 피하면서 인사를 했다.

"어디 놀러 가는 중이었나 보네. 휴우~ 조금만 늦었으면 길이 엇갈릴 뻔했네."

개똥은 그가 하는 말은 들리지 않았다. 그의 손에 들린 앵두에서 시선을 떼지 못한 채 침만 삼키고 있었다.

"앵두를 정말 좋아하는 모양이네. 자! 먹어라. 어차피 너 주려고 땄다."

"저, 정말로 이걸 저한테 준다고요?"

"응. 이걸 전해주려고 5년이나 에너지를 모아야 한 걸 생각하면…… 아무튼 난 약속 지켰다. 참! 그리고 이 영감의 생각을 조금 조작해 뒀다. 아마 널 보면 앵두를 못 줘서 안달일 거다."

개똥은 그가 하는 말을 듣지 않고 있었다. 이미 앵두를 한 입 가득 넣고 우물거리다가 씨를 뱉고 있었다.

영감은 그런 모습을 보고 피식 웃더니 가만히 개똥이 앵두를 다 먹기를 기다렸다.

"나머지는 친구들과 먹어도 돼요?"

바구니의 절반쯤 앵두를 먹더니 더 이상 못 먹겠는지 개똥이 말했다.

"그래. 나도 이제 슬슬 가봐야겠다. 그럼 언젠가 미래에서 볼 수 있으면 보자."

"감사합니다, 할아버지!"

개똥은 아무것도 모르는 듯한 해맑은 얼굴로 인사를 하고 비탈길을 내려갔다. 영감은 그런 그를 물끄러미 바라보다가 갑자기 주위를 두리번거렸다. 그러곤 머리를 갸웃거리며 그의 집으로 들어갔다.

*   *   *

정신 에너지를 선천적으로 내보낼 수 있게 타고난 것이라면 지금도 그것이 가능하지 않을까.

이런 의문이 결국 또다시 시간 여행을 가능하게 했다. 다만 그럴 만한 에너지를 모으는 데 5년이라는 시간이 걸린다는 것이 흠이라면 흠이었다.

물론 더 노력하다 보면 더 효과적인 방법을 찾을 수도 있겠지만 지금으로선 시간 여행이 가능하다는 것만으로도 충분했기에 멈췄다.

나중에 어떻게 될지 모르지만 일단은 죽고 사는 일이 아니라면 이번 생은 시간을 흐름에 거스를 생각이 없었다.

"이거 은근히 무겁네."

지금 난 1948년으로 왔다.

양조장 사장 아들에게 빙의를 해 술 두 단지를 들고 군산항으로 가고 있었다.

일제강점기에서 독립을 해서 사람들의 얼굴은 예전과는 사뭇 달랐다.

'저기 있군.'

항구에서 조금 떨어진 바닷가에 네 사람이 앉아서 술을 마시고 있었다.

"하하하! 그때 그 친구 말하던 거 기억나십니까? '내 뒤만 따라오십시오!' 그때 사실 난 그 사람이 미쳤다고 생각했었습니다."

손지생이었다.

"허허허. 기억나네그려. 난 그날 기력을 모두 소진했는지 이렇게 날이 갈수록 허해지고 있다네. 사실 그때 오줌을 쌀 뻔했어."

몇 년 사이에 많이 늙은 허민식이 술잔을 기울이며 대답했다. 이어 임창수가 크게 웃으며 말을 이었다.

"전 사실 그때 썼습니다. 바다에 뛰어들지 않고 일본 놈들에게 잡혔으면 혀를 깨물었어야 할 일이지요. 하하하하!"

"다들 저와 선친이 떠난 다음 활극을 벌이셨군요. 그때 저도 있었어야 하는데."

젊은 시절의 할아버지셨다. 오직 한 명, 중국에서 생을 마감하신 증조할아버지만 빼고 그날의 인물이 다 모여 있었다.

나는 그들의 대화에 그날 일을 생각하곤 빙긋 웃었다. 그 일은 현재 그들에게 그렇듯이 나에게도 추억이었다.

"실례합니다. 혹시 허민식 선생님과 손지생, 임창수, 김명운 지사님들 아니십니까?"

"이름은 맞소만. 누구신지요?"

일제강점기가 끝나서인지 경계심이 느껴지지 않았다.

"아! 맞으시군요. 전 개똥이가 보내서 왔습니다."

"뭐, 뭐라고 했습니까? 개똥이라고요?"

"그는 살아 있습니까?"

네 사람 깜짝 놀라며 모두 자리에서 일어났다.

"워워~ 진정들 하십시오. 개똥인 살아 있고 지금은 모종의 일로 일본에 건너가 있습니다. 여러분이 모이신다는 소식을 듣고 저더러 이 술을 가져다 드리라고 했습니다."

상당히 엉성한 거짓말이었지만 그들이 개똥이와 겪은 일 또한 믿기지 않는 일이었던지 쉽게 납득을 했다.

"제가 그 친구는 수영을 해서 일본으로 건너갈 친구라고 하지 않았습니까! 하하하! 살아 있었군요. 역시 신출귀몰한 친구라니까."

"그래! 자네 말이 맞네. 예사 인물이 아니라니까."

그들은 죽은 줄 알았던 개똥이가 살아 있음을 진심으로 기뻐했다.

내가 이들이 여기 있다는 걸 안 건 할아버지에게 들어서였다.

할아버지는 당시를 회상하며 다들 돈이 없어 적은 술로 개똥이를 추모했다는 말을 했는데 그에 술 배달을 온 것이다.

"이런, 좋은 소식을 전해주신 분을 내버려 두고 우리끼리 떠들고 있었군. 자자, 개똥이 친구분도 앉으시게. 개똥이를 대신해 우리와 한잔하세."

"그래도 되겠습니까?"

"당연하지. 앉게."

난 자리에 앉아 그들과 함께 술을 마셨다.

지금의 난 몸은 달랐지만 정신만은 개똥이로 그들과 한잔하자는 약속을 지키게 되어 무척 기뻤다.

"나라를 되찾는 데 많은 것을 희생하셨는데 후회는 없으십니까?"

한창 재미있는 말을 하다가 마음속에 담고 있던 질문을 했다.

허민식이 대답했다.

"생각해 본 적은 있었네. 그러나 후회는 없네."

"후손들이 기껏 찾은 나라를 또 잃을지도 모릅니다. 그런 건 걱정 안 되십니까?"

"안 되네. 그땐 또 다른 수많은 애국지사들이 생길 테니까."

"삶이 고단해서, 또는 국민을 생각지 않고 오로지 돈과 권력에 미친 권력자들이 보기 싫어서 그렇게 되지 않으면 어쩝니까?"

"만일 그렇다면 국민들이 나라를 사랑하는 마음이 없어서가 아니라 목숨을 바쳐 지킬 마음속의 나라가 없기 때문일걸세. 그땐 포기해야지. 나 역시 희망 없는 나라에 목숨을 거는 짓은 하지 않는다네."

"조선에 희망이 보이셨습니까?"

"나라가 아닌 아이들에게서, 가족에게서, 이웃에게서, 국민에게서 봤다네. 허허허! 이제 광복을 한 지 3년이 지났는데 기우가 지나치구먼. 자네는 부끄럽지 않은 자네 삶을 살게나. 그거면 충분하지 않겠나? 아직 오지 않은 미래를 혼자 아등바등 걱정해 봐야 무슨 소용이겠나."

"…역시 그렇겠죠?"

답은 이미 알고 있었다. 다만 과연 그렇게 살아도 될까 고민을 하고 있었다.

그러나 이제는 멋지게 바꾼 내 인생을 살 수 있을 것 같았다.

"자자! 무거운 얘기 따윈 집어치우고 술이나 드세. 이번엔 자네가 건배사를 해보게."

난 잠깐 생각하다가 술을 들어 올리며 말했다.

"대한 독립 만세!"

그리고 네 사람은 일제히 따라 외쳤다.

『인생을 바꿔라』 완결

미러클
테이머

인기영 장편소설
FUSION FANTASTIC STORY

MIRACLE
TAMER

이계로 떨어져 최강, 최고의 테이머가 되었다.
그러나… 남은 것은 지독한 배신뿐.

배신의 끝에서 루아진은 고향, 지구로 되돌아오게 되는데……
몬스터가 출몰하기 시작한 지구!
그리고 몬스터를 길들일 수 있는 테이머 루아진!
그 둘의 조합은……?

『미러클 테이머』

바야흐로 시작되는
테이머 루아진과 몬스터들의 알콩달콩한
대파괴의 서사시!!

Book Publishing CHUNGEORAM

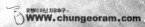

유행이 아닌 자유추구 -
WWW.chungeoram.com

이모탈 퓨전 판타지 소설
FUSION FANTASTIC STORY

용병들의 대지
Road of Mercenaries

이 세계엔 3개의 성역이 존재한다.
기사들의 성역, 에퀘스.
마법사들의 성역, 바벨의 탑.
그리고… 그들의 끊임없는 견제 속에 탄생하지 못한

『용병들의 대지』

전쟁터의 가장 밑을 뒹굴던 하급 용병 아론은
이차원의 자신을 살해하고 최강을 노릴 힘을 가지게 된다.

그의 앞으로 찾아온 새로운 인생!
아론은 전설로만 전해지던
용병들의 대지를 실현시킬 수 있을 것인가!

FUSION FANTASTIC STORY

텀블러 장편소설

현대
천마록

천하를 호령하고, 전 무림을 통합한
일월신교의 교주 천하랑.
사람들은 그를 천마, 혹은 혈마대제라고 불렀다.

『현대 천마록』

무공의 끝은 불로불사가 되는 것이라 생각했지만
그로서도 자연의 섭리 앞에선 어쩔 수 없었다!

'그렇게 많은 피를 흘렸음에도 불구하고
죽을 때가 되니 남는 것이 없군그래.'

거듭된 고련 끝에 천하랑의 영혼이
존재하지 않게 된 그 순간
그의 영혼은 현세에서 천마로서 눈을 뜬다!

Book Publishing CHUNGEORAM